エリーゼさんをさがして

Looking for Elise

Arie Nashiya
梨屋アリエ

講談社

エリーゼさんをさがして

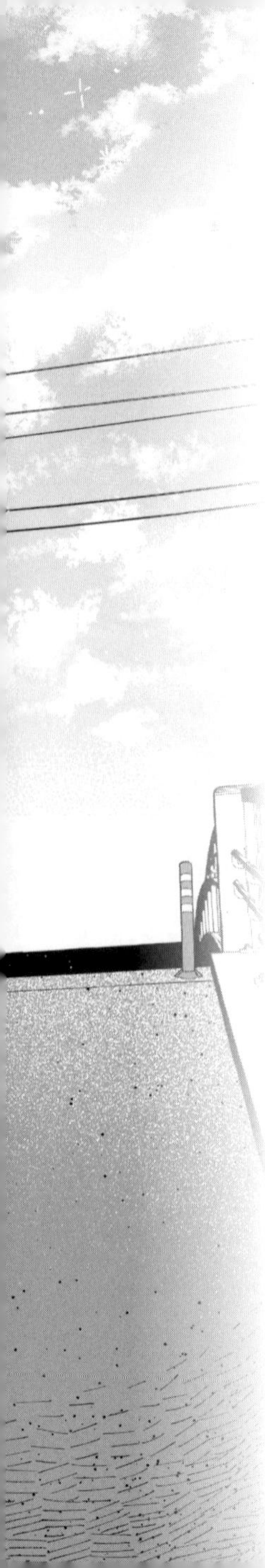

Contents

もくじ

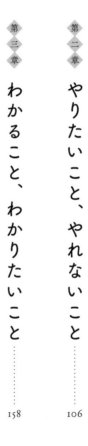

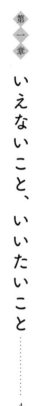

第一章　いえないこと、いいたいこと

一

「今年は出なくてもいいわよね？」

発表会のお知らせのプリントを見たお母さんにいわれて、わたしは「フェッ？」と変な返事をしてしまった。六歳《さい》から始めたピアノの合同発表会には今年も当然参加すると思っていたから、意外すぎたのだ。

「なにそれ、さいきんは、フェッて返事がはやっているの？」

そんなわけがない。わたしはこっそりつまみ食いしていたお母さんの無塩アーモンドを急いでかんで飲《の》み込《こ》んで、いった。

「はやっていません。驚《おどろ》いたせいです。あの、わたしは、発表会、出ないほうがいいのでしょうか」

「亜美《あみ》は出たくないだろうと思ったの。だって、コンクールに出た環奈《かんな》ちゃんのピアノと比べられるのよ？　亜美が同い年の子の引き立て役になるだなんて、そんなのいやでしょう？」

お母さんはそう思っている、ということだ。環奈ちゃんのほうがうまいのは昔からだったけれど、中学生になって明らかな差がついてしまったのは、自分でもわかっている。でもそれが悔《くや》しいとか、みじめだとは思わなかった。小さいころから同じピアノ教室に通っている環奈ちゃんがぐんぐんうまくなって、難易度の高い曲を弾《ひ》きこなしていくことはとても嬉《うれ》しいことだ。

わたしは言葉を確かめるように、気をつけながらいった。いつのころからか、お母さんと話すときには丁寧語《ていねいご》になってしまう。

「わたしはいやではないですけど……。教室のみんなとアンサンブル、楽しみなので」

「アンサンブルって、あのお遊戯会《ゆうぎかい》みたいなやつ？　タンバリン持った保育園児といっしょに発表会の最後にみんなでがちゃがちゃ大騒《おおさわ》ぎするだけじゃないの？　あんないい加減なのは音楽って呼ばないのよ。幼稚《ようち》でみっともない雑音と騒音《そうおん》の発表会よ」

「お母さん」

「なあに？　先生にはお母さんから、亜美はもう中二ですから、発表会は卒業しますって伝えておくから。ピアノ教室も辞《や》めていいわよ」

「お母さん」

「無駄《むだ》な習い事を辞めた分、少しでも進学費用の貯金に回したほうが、よっぽど亜美の将来のためになるんだから」

「あのう……ピアノ、辞めたくないです」

「ちっともうまくならないのに？」

お母さんの声はだんだん興奮してきている。こんなときは、話を続けてもいいことはない。

「少しずつはうまくなっていると思います。弾いていると、楽しいし」

「あのね、中学生になってもピアノを続けている子っていうのは、環奈ちゃんくらい弾ける子だけなの。みんな自分のレベルがわかってくるから、五年生くらいで辞めてったでしょう？　何年続けてもいまよりたいしてうまくなるわけじゃないのに、それが楽しいだなんて、お母さんには意味がわからない。もっとはやく辞めさせておくべきだったなあ。結局、時間もお金も無駄になっちゃうのよねえ。なに？　なんで亜美は泣いてるの？　いいたいことがあるときはちゃんと言葉でいいなさい！」

「ピアノは辞めたくないです」

「弾きたければ家で弾けばいいのよ。でもピアノ教室は辞めようね。続けていると、発表会が気になるでしょうからね。楽しいだけでうまくならないものに時間を取られていいほど、子ども時代は長くはないのよ。泣いたってだめよ。お母さん、泣く子は嫌《きら》い。中学二年生にもなって、まだ親の前で泣くなんて、いつまでも甘《あま》ったれの赤ちゃんでいやになるわ。めそめそうっとうしいわね、向こうに行ってなさい」

わたしはお母さんにいわれたとおり、向こうに行く。自分がどかーんと爆発《ばくはつ》しそうだったから。

いい返せるものならいい返したい。でも、喉《のど》がきゅっと狭《せま》くなって、言葉がうっと詰《つ》まってしまって、いいたいことをカタコトでしかいえなくなってしまう。そして、いえばいうほど、結果はひどくなる。気がつくと泣いている。泣いてもなにも変わらないのに。泣いてしまう自分の弱さが情けない。そして毎回、自分の気持ちをお母さんにわかってもらえなかったことが悔しくてたまらない。お母さんのいうとおり、自分はだめな「赤ちゃん」なんだと思う。

わたしが全部悪いんだ。でも、涙《なみだ》を拭《ふ》いたあと、わたしはいつも考えてしまう。

あんなことを子どもにいうお母さんって、わたしを産んだ本当のお母さんなのだろうか？

二

環奈ちゃんはいつもマンションのエントランスで、わたしを待っていてくれた。小学生のころも、中学生になっても、いっしょに登校するために。

「おはよう、待たせてごめん」

「おはよう。いつもの時間だよ、大丈夫《だいじょうぶ》」

エレベーターは大人用、子どもは階段を使いなさい、と小学生のころにお母さんからいわれたとおり、わたしは毎朝階段を駆《か》け下《お》りていく。一段飛ばしで手すりにつかまり遠心力で踊《おど》り場《ば》をぐるんぐるんと高速で回ってくるので、七度回って地上に着くとくらっとよろける。でも必ず先に来て待っている環奈ちゃんが支えてくれる。

「もー、危ないったら。エレベーター使いなよ」

「高校生になったら使うの」

エントランスの自動ドアを通って前の道に出ると、まっすぐな長い上り坂の通学路が始まる。

そこはプロムナードと呼ばれている歩行者専用道路で、歩道の幅《はば》は車がすれ違《ちが》えそうなほどゆったり広く、十日《とおか》が丘駅《おかえき》の周りでいちばんおしゃれな景観だとタウン情報サイトで紹介《しょうかい》されているところだ。

特に、十日が丘駅の南口からわたしたちの住むマンションの前を通る部分は、まるでショッピングモールに来たみたい。傾斜《けいしゃ》のなだらかな道にシックな色のタイルが敷《し》き詰《つ》められていて、外国の町にありそうなガス灯みたいなレトロなデザインの街灯が立っている。

環奈ちゃんのママのいうことには、わたしたちのマンションの外観は、ウイーンにあるシェーンブルン宮殿《きゅうでん》と同じ色らしい。それを聞くまでわたしは、サンリオキャラクターのポムポムプリンが色あせたみたいな壁《かべ》だと思っていた。

このプロムナードは、信号のない横断歩道を渡《わた》ったさらに南の、四車線の環状道路《かんじょうどうろ》を渡った先の丘までまっすぐにつながっている。南に行くにつれて坂はだんだん急勾配《きゅうこうばい》になって、道のおしゃれなタイルは、滑《すべ》りにくいアスファルトの舗装《ほそう》に変わる。変わったところからが特にきつい。

その環状道路に、地元で太鼓橋《たいこばし》と呼ばれている歩道橋がある。虹《にじ》の橋《はし》のように山なりになっている階段のないスロープで、太鼓橋を渡った南側はマンションの二階の天井《てんじょう》の高さと同じくらいの丘の上に続いている。

それで、土地の低い駅から南のヒルタウンに向かうときには、この橋が「峠《とうげ》」のような感じになる。駅前のマンションに住む子どもたちは、丘の南側の小学校や西側にある中学校に行くために、毎朝、この峠を越《こ》えなくてはいけない。

峠に向かって歩いていくとき、猫《ねこ》の丸い背中のような橋の先には空しか見えない。街路樹の高さを超《こ》えて、環状道路の上で急に視界が開けることもあって、空が横に両腕《りょううで》を伸《の》ばしたようにふわっと広く伸びていくように感じる。その瞬間《しゅんかん》だけ、わたしはこの通学路が好きになる。

この太鼓橋は、市営住宅や団地のあるヒルタウンから都心に出勤しようと駅に急ぐ大人たちも使っている。

駅前の新しめのマンションから峠を越える子どもたちと、丘の向こうの高校へ行く電車通学の高校生と、丘の職場に向かう少しの大人が、駅に向かって下りてくる人たちとすれ違う。ぶつかりそうでぶつからないその様子は、水槽《すいそう》の魚の群れがすれ違っているみたい。

わたしたちにとっては、そこが通学路のちょうど真ん中へんだ。環状道路を渡ってもまたなだらかな上り坂。慣れた道でも、上りが続くとちょっと息が上がる。

「亜美ちゃん、あのね。亜美ちゃんには先に伝えておこうと思うんだけど……ソフトテニス部……」

環奈ちゃんはわたしの反応を探《さぐ》るようにいった。そのとき、わたしは発表会に出られないことを環奈ちゃんに伝えておくべきか、考えているところだった。

「ソフトテニス部がなあに？」

「辞めることになるっぽい。親も先生も、ピアノの練習時間をもっと増やしたほうがいいというし、わたしもそうだなあって思っていたから」

「へー、そうなんだ？　環奈ちゃんだったらそうしたほうがいいかもね。ピアノがうまくなっているし」

「ありがとう。でも、部活辞めたら学校つまんなくないかな?」

「うーん、そうかもしれないけど……」

「亜美ちゃんも困るよね。二年の部員が奇数《きすう》になるし」

わたしは基礎練習《きそれんしゅう》の時間にはいつも環奈ちゃんとペアを組んでいた。

「じゃあわたしもソフトテニス部を辞めようかな」

「ホントに?」

「発表会もピアノ教室も辞めなきゃいけないみたいだし」

「ホントに? うちもいまのピアノ教室を辞めて、ママの知り合いのピアニストが紹介してくれた別の音大講師の先生にしたほうがいいって、ママにいわれてるんだ。亜美ちゃんが辞めるなら、わたしもそうしよう。一人だけ辞めるのってちょっといやだなあって思っていたの、いっしょでよかった」

「うん、いっしょでよかった」

わたしは環奈ちゃんとそっくりに笑顔《えがお》を返した。

「きょう、顧問《こもん》の先生にママからのお手紙を渡すんだ。亜美ちゃんは先生にいつういう?」

「じゃあわたしもきょう先生にいおうかな」

「ホントに?」

「いうよ、いう」

と、軽い調子でいってしまって、あとになってだんだん、ちゃんと先生にいえるのかなって心配になってきた。

実際、放課後になって、顧問の先生を前にしたら、喉の奥《おく》がきゅーっと詰まったようになって、言葉が出てこない。

うつむきながら「きょうの練習は休ませてください」って先生にいうだけで、精一杯《せいいっぱい》だった。

三

放課後の部活を休んで、一人で下校する。環奈ちゃんは昼休みのうちに顧問の先生にお手紙を渡していたから、ぐずぐずしていたわたしを待たずに先に帰ってしまっていた。いっしょに帰りたかったのにな。

朝とは逆方向の通学路を一人でとぼとぼ歩いていくと、下り坂のせいか、気持ちもだんだん落ち込んでくる。環奈ちゃんは忙《いそが》しいのだから仕方がない。

お母さんは、「楽しいだけでうまくならない」ピアノを辞めるようにわたしにいった。だから、「楽しいだけでうまくならない」ソフトテニス部だって、辞めてほしいに決まっている。

環奈ちゃんのおうちのように、顧問の先生に手紙を書いてくれるだろうか。お母さんにお願いするのはいやだな。お願いしても書くのを面倒《めんどう》くさがって、自分で直接いいなさいっていわれそうな気がする。

通学路の中間地点の太鼓橋まで来た。まだ仕事帰りの人はいないので、駅方向のプロムナードから太鼓橋に向かってくる人はまばらだ。こちらに向かって歩いたり自転車を降りて押《お》したりしているのは駅前のスーパーで買い物をして団地にもどる人たちばかりだ。

家に着いたらなにをしよう……。

バタンと音がした。だれかの傘《かさ》が倒《たお》れた音だ。

太鼓橋のヒルタウン側の手前は、待避所《たいひじょ》のように道が少し横に膨《ふく》らんでいて、その場所にはベンチや石の椅子《いす》がいくつか設置されている。その一つに座《すわ》っていた人の持っていた傘が倒れたのだった。

そのおばあさんが傘を拾おうとして動いたら、買《か》い物袋《ものぶくろ》の詰まったショッピングカートにも体があたって、カートまで倒れてしまった。

荷物入れが椅子になるタイプでなく、キャスターが二つだけで斜《なな》めに引いて持つタイプだから、安定感がなかった。中身が飛び出して、わたしのほうに缶詰《かんづめ》が一つ転がってくる。

「あら〜、あら〜」

その小さなおばあさんは、ささやくように声を上げた。その声があまりにものんびりしていて優《やさ》しくて緊張感《きんちょうかん》がなかったので、わたしは思わず足を止めた。

その人は、転がる缶詰を追いかけるどころか、倒れたカートを起こすことすら一苦労という姿をしていた。知らない人だし、ほかにも通行人がいたので知らんぷりして通りすぎてしまおうかと思っていた。けど、いかにも助けが必要なお年寄りの声だったから、缶詰を拾ってあげることにした。

手編みの毛糸の帽子《ぼうし》をかぶっていて、帽子から出ている白髪《しらが》まじりの髪《かみ》の毛先がちょんちょんとあちこちにはねている。顔はしわしわなのにほっぺただけはつやつやだ。そして猫背で前屈《まえかが》み。まっすぐ立てたとしても、身長は中二のわたしより低そうだ。

きっとヒルタウンの団地に住んでいるんだろう。

「あら〜、ありがとうね」

毛糸の帽子のおばあさんは、鮭《さけ》の水煮《みずに》の缶詰を受け取りながら、のんびりといった。

「ちょっとね〜、疲《つか》れちゃってね〜。いっしょに座りましょうよ」

なんで？　と思ったけど、うながされるままにわたしもベンチに座ってしまった。そのくらい声が優しかった。

「昔はね、太鼓橋なんてなんともないって思っていたの。このごろはこの坂が大変でね〜」

いわれてみたら、駅前のスーパーで買い物をして丘の上の団地にもどるお年寄りには、大変な上り坂だろう。特に太鼓橋は、自転車に乗る元気な小学生も、途中《とちゅう》で降りて押すほどだ。

「買い物をしてきた高齢《こうれい》の人はみんなね、だいたいここでひと休みするのよ」

そのためのベンチなのか。よい景色が見える場所ではないのに、どうしてあるんだろうってていままで不思議だったのだ。

「雨に降られないでよかったわ。夜までは持ちそうね」

雨の予報なんて出ていたかな？　朝、お母さんはなにもいっていなかった。

おばあさんの毛糸の帽子には、ト音記号とグランドピアノの形のブローチが二ついていた。

「ピアノ、お好きなんですか？」

「あらどうして？」

「帽子にピアノがついているんで」

「あら〜。そうだったわね。娘《むすめ》のね、お下がりなのよ」

その小さなおばあさんの年齢は、七十代か、八十代だろうか。とすると娘はもう子どもじゃなくて四十歳か五十歳くらいになっているかも。

「ピアノをやっていたの。ずっと昔の話よ。ね、『エリーゼのために』ってご存じ？」

「ベートーベンの、有名な曲のことですか」

「そう、それよ。あたしの娘も弾いたのよ。とっても上手だったの。とっても」

「去年、発表会で弾きました」

「あらそう。素敵《すてき》な曲よねえ……」

おばあさんはしみじみといった。

わたしのお母さんには「定番すぎて恥《は》ずかしい曲」といわれたけど、確かに素敵な曲だ。そうだ、家に帰ったら、久々に『エリーゼのために』を弾いてみよう。

「さて、休めたからもう行くわ。ご親切にありがとうね。よーいしょ」

おばあさんは腰《こし》を上げると、傘とカートを持って、坂の続きをヒルタウンのほうに歩いていった。ペンギンのような小刻みな歩幅《ほはば》で。

四

ベートーベンの作曲した『エリーゼのために』は、クラシック音楽が好きな人ならだれでも知っている有名な曲だ。ピアノを習い始めた子どもたちが、いつか弾けるようになりたいと目標にする曲でもある。わたしもそうだった。だからピアノの先生から「次のレッスン曲は『エリーゼのために』にしましょう」といわれたときには、天にも昇《のぼ》る気持ちだった。

初心者には難しいけど、上級者には簡単すぎる。だから、環奈ちゃんのようにショパンやリストのソナタ曲を弾けるような子にはあんまり重要な曲じゃない。目立つところのないわたしみたいな子が弾くのに、ぴったりだと思う。

帰宅したわたしは、家のピアノで『エリーゼのために』を大切に弾いた。ピアノといってもうちにあるのは電子ピアノだ。ヘッドホンをつけて大きなボリュームで、響《ひび》き方《かた》をコンサートホールモードにして、ペダルをたくさん使って、ロマンティックに弾いた。

いいなあ、ピアノ……。

うまくなくても、ピアノを弾くのは大好きだ。今度の春の発表会でも弾きたかったな。

ピアノ教室を辞めても、家で弾けばいい、とお母さんはいった。

そのとおりなんだけど、ヘッドホンをして一人で弾くだけでは寂《さび》しい。

うまくなりたくてレッスンに通っていたのに、うまくないから辞めなさいって、そんなことをいうお母さんは勝手だ。それに、ピアノのことをわかってないと思う。

ピアノが好きで、毎日ちゃんと練習して、ピアノ曲もたくさん聴《き》いて、それでもうまくならないことはあるんだよ。

「だってこの手じゃなあ……。指が一オクターブ届かないんだもの」

わたしは手のひらを大きく開いて、鍵盤《けんばん》の上に乗せた。

親指から小指までをうんと伸ばして、ドからオクターブ高いドの鍵盤がやっと。左手も同じ。二つのドを同時に押そうとすると、ほかの指の付け根が鍵盤に当たって、濁《にご》った音を出してしまう。

環奈ちゃんのように難易度の高い曲を弾くためには、両手とも一オクターブ以上親指と小指を広げられるようでなくてはならない。オクターブ奏をしながら同時に三つも四つも音を鳴らすこともあるから、指と指のあいだが広がれば広がるほどいい。

環奈ちゃんの手は小学生のころからわたしより二回りは大きかった。

先生の話では、大きくてよく動く器用な手も「ピアノの才能」の一つなのだそうだ。リストやラフマニノフという作曲家はとても手が大きかったんだって。

ヘッドホンを外して、学校鞄《がっこうかばん》の中から定規を持ってくる。

ドからドのあいだの長さを測ってみたら、うちの電子ピアノは16・5センチだった。音を出すのに鍵盤が沈《しず》む分を入れたらプラス2センチと考えて、たぶん18・5センチは指が開いてないと同時に正確には押せない。

自分の右手の親指と小指の先までの距離《きょり》を測ると、思い切って広げた状態にして17・5センチだった。

「あーあ」

わたしの手は人より小さいほうではないのだけど、ピアノを弾く人にとっては十分でないのだ。

無理をして広げようとすると、手首がピシッと痛くなった。これをやりすぎたら腱鞘炎《けんしょうえん》になってしまう。手首を痛めたら、ピアノどころか、鉛筆《えんぴつ》もお箸《はし》も持てなくなってしまう。もちろんソフトテニスのラケットも。

『エリーゼのために』も、指を広げてオクターブで音が繋《つな》がる部分がある。そこは何度も弾いて、切れたり濁《にご》ったりしないごまかし方ができるようになった。先生に工夫《くふう》をほめてもらえたこともあって、『エリーゼのために』は気に入っている。

もう一度弾こうとヘッドホンをつけて姿勢を正したとき、めったに鳴らない家の電話が鳴り出した。

家には自分しかいない。電話って苦手だ。

オロオロしながら電話機の前に行くと、「ただいま留守にしております」と留守番機能の応答に切り替《き》わ《か》ってしまった。

メッセージを残す前に切れてしまうかな。受話器を取らずに見守っていると、相手はしゃべり出した。

『こちらは十日が丘図書館です。返却期限《へんきゃくきげん》がすぎている本がございますので……』

「えー!?　わたしかな、お母さんかな?」

本を置きそうなところをあちこちさがすと、リビングの棚《たな》に三週間前に地域の図書館で借りた本があった。てっきりお母さんが返しに行ってくれたと思っていた。

「やだもう、お母さんも読むっていうから渡したのに……」

でもきっとお母さんは、図書館で借りたのはわたしで、責任を持って返さなかったわたしが悪いっていうんだろうな。そのとおりだけど。

時計を見る。部活を休んだから、塾《じゅく》に行くまでまだ時間には余裕《よゆう》がある。図書館まで往復しても十五分くらいだ。

「いまのうちに返却ポストに返してこよう。おっと、その前に証拠隠滅《しょうこいんめつ》のピッ!」

電話の録音の声を消去した。

五

Y市立十日が丘図書館は、三階建ての建物の一階にある。

入り口わきの返却ポストに入れようとしたら、「開館中は窓口にご返却ください」と札がかかってポストの口がしまっていた。

こっそり返したかったのに、だめか。叱《しか》られたらいやだな。自分が悪いんだけど。

自動ドアを二つ通ってエントランスに入っていくと、車椅子の高齢者が上の階からエレベーターで下りて、スタッフに押されて出ていくところだった。

わきによける。

そこに、ダダダッと音を立てて階段を下りてくる人がいた。壁の張り紙がさわわっとめくれた。

「ヤマキさん、お忘れ物ですよ」

そういえばこの建物の上の階は、高齢者向けのなにかがある。道路には送迎用《そうげいよう》のミニバンが停《と》まっていた。

わたしのおじいちゃんとおばあちゃんは、父方も母方もまだ会社で働いている。ひいおじいちゃんとひいおばあちゃんはどちらにももういない。小学三年か四年生のころに最後の一人のお葬式《そうしき》に出たことがあるけど、どんな人たちだったのかあまり覚えていない。だから高齢者という人たちのイメージがあまりよくつかめない。

わたしのひいおじいちゃんとひいおばあちゃんも、車椅子を押されて、わざわざどこかに行くことがあったのかな。年をとりすぎて歩けないような人を外に連れ回すのは、ちょっとかわいそうな気がした。家で静かに寝《ね》ていたほうが疲れないと思うから。こういう場所に来るほどひまなら、友だちと出かけるか、家で好きなことをしていたほうがいいんじゃないのかな。

そうそう、図書館の本を返しに来たんだ。一瞬《いっしゅん》、ぼんやりしてしまった。

足を踏《ふ》み出《だ》したとたん、なにかをがさっと踏んづけた。掲示板《けいじばん》のチラシが一枚落ちていた。

拾って、図書館の返却カウンターに持っていった。返却の本を台にこそっと置いて、そこで作業をしていた人にいう。

「あのうこれ、入り口に落ちていたんですけど……」

「ありがとうございます。あら、これは図書館のほうの案内ではありませんね。お二階のデイサービスのほうかしら？」

わたしは恥ずかしくなってチラシを引っ込めた。よく見てなかった。親切心ではなく、期限切れの本を返すのがばれないように、ごまかしたかっただけだったから。

「すみません……」

「こちらでお預かりしますよ」

「いいえ、自分で行ってきます」

そそくさと図書館から出て、エントランスホールで足を止めた。振《ふ》り返《かえ》って館内を見るとカウンターにいた人が、わたしが返した本のバーコードをピッと読み取った。その人はそのまま次の作業を続けていたのでホッとした。叱られずに返却できてよかった。

拾ったチラシを見る。
『歌の伴奏《ばんそう》ボランティア募集《ぼしゅう》』
小さく、グランドピアノのイラストが付いている。気になって、見出しの下の文字も読んでみた。
『デイサービスの利用者さんの歌の時間に簡単な伴奏をしてくださるかた
経験問わず
時間：午後三時三十分から五十分
月曜から金曜のお好きな日
地域ケアプラザ担当・大崎《おおさき》まで』
ふーん。ボランティアって、道路のゴミ拾いだけでなく、こういうのもあるんだなあ。
二階に階段を上がっていって、そこの受付のお姉さんに渡す。
「あのう、はがれて落ちていたので、持ってきました」
「わざわざありがとうございます」
丁寧な物腰《ものごし》で頭を下げられ、びっくりした。そんなに感謝されることはしていないのに。優しそうな人だったので、つい軽い気持ちで聞いた。
「あの、歌の伴奏って、ピアノでするのですか？」

「いろいろな楽器のかたがいらしているようですが……、わたくしは地域包括《ほうかつ》の窓口の者でして、詳《くわ》しくないので、いまデイサービスの担当の者に代わります。少々お待ちくださいませ」

「あっ、いいんです、ちょっと聞いただけなので。どうせできっこないし。ごめんなさい、さようなら！」

やるつもりもないのに働く大人に時間を取らせてはいけないと思い、逃《に》げるように階段を駆け下りた。

六

次の日。わたしは環奈ちゃんといっしょに帰りたくて、無断で部活を休んだ。

環奈ちゃんは今夜、ママといっしょに、知り合いの人のピアノリサイタルを聴きに行くそうだ。知り合いにピアニストがいるなんてすごいといったら、環奈ちゃんのママのお友だちには、ピアニストのほかに映像クリエイターや環境《かんきょう》アートプロデューサーやクリエイティブディレクターをしている人もいると教えてくれた。

なにをする仕事なのかさっぱりわからないけど、うちのお母さんの交友関係とはずいぶん違う。わたしとお母さんがいっしょに音楽を聴きに出かけることがあるとしたら、それはわたしのピアノ発表会くらいだった。

「環奈ちゃんのママは、環奈ちゃんにピアニストになってほしいのかな」

「どうかな。なりたいものがあるなら応援《おうえん》するっていわれてるよ」

「環奈ちゃんはピアニストになりたくないの？」

「いまはピアノが好きだけど、仕事にするかはわからない。将来のことより、まずは全国大会に出るのが目標かな。中学生のうちに大きな会場で弾いてみたいから」

環奈ちゃんだったら、それはぼんやりした夢じゃなくて達成できそうな目標だ。

「環奈ちゃんが大きい会場で演奏するのを、わたしも聴きたいな」

「いつか聴きに来てね」

わたしには、かなえたい夢も成長の目印となる目標もない。ピアノ教室の発表会の、小さい子たちとのがちゃがちゃしたアンサンブルが楽しみだったわたしの場合、そもそも環奈ちゃんとは見えている人生の風景が違うのだ。それがはっきりわかってしまった。

「この歩道橋が、虹の橋ならよかったのにね」

円弧《えんこ》の頂点をすぎて、傾斜を下りながら、わたしはいった。

「どうしちゃったの？　亜美ちゃんが急にメルヘンチックなことをいってる」

「小学生のときからずっと思っていたよ。まるくて大きな橋だから、虹の形と同じだなって。

だったら虹でできていたらよかったのにって」

「虹だったら、渡れないよ。死んだ人しか渡れないんだよ」

「そうなの？　じゃあコンクリートでいいか。どうせ排気《はいき》ガス臭《くさ》い道路の上しか通らないし」

「小さいときからあったから当たり前に思っていたけど、歩道橋ってふつうは階段で上がるんだよね。亜美ちゃんはエレベーターが付いてる歩道橋があるの、見たことある？」

「あるかも。どこかの大きな駅で見たことがあるよ。エスカレーターが付いているのもあるよね」

「ここにも付いていたらいいのにね。動く歩道とかで運んでほしい」

「環奈ちゃんも、面白《おもしろ》いこと考えるね。運んでほしーい」

「十日が丘は高くても十二階建てで、高層ビルもないイナカだからね。ヒルタウンに大企業《だいきぎょう》のビルでも建たないと無理だよね。マンション買うなら、せめて都内に買ってほしかったなあ。ママの友だち、みんな東京に住んでるの」

「ふーん。駅に近くて、バスを使わなくてもすぐ電車に乗れるから、いいマンションを買ったってうちの親はよくいってるけど……」

「亜美ちゃんちのお父さん、電車通勤なんだ？」

「お母さんもだよ」

「じゃあ便利なのかも。ヒルタウンの団地からじゃ、駅はちょっと遠いもん。そこに比べたらうちらのところは徒歩一分で格段に便利そう」

そういえば、環奈ちゃんちは電車通勤ではなく、会社の車がお迎《むか》えに来るって前に聞いたような気がする。小さいころはなんとも思わなかったけど、同じマンションに住んでいても、家によって違うものだなあ。

おしゃべりしながら、通学路のプロムナードをだらだら下る。

あれ？　いますれ違った人……。

足を止めずに頭だけでちょっと振り返ってみた。

きのうの毛糸の帽子の小さなおばあさんだ。腰を曲げた姿勢で買い物のカートを引いて、ペンギンみたいによちよち坂を上っていく。あの足どりでは太鼓橋を渡るのは大仕事だ。きょうもベンチで休んでいくのかな。

「知っている人？」

「うん、ちょっと」

「手伝う？」

手伝うといわれても、なにをどこまでどうやってしたらいいの？　おんぶなんて無理。

「たぶん、大丈夫だと思う。きのうも歩いていたから」

「家にいればいいのに。転んだら危ないよ」

「そうだね。でも買いたいものがあったんじゃない？」

「家族に頼《たの》めないのかな」

「いわれてみれば、確かに」

そう考えると、なんだか、かわいそうになってきた。ピアノをやってた娘さんがいるみたいだけど……あのおばあさんの年齢を考えると、娘さんにも新しい家族がいるんだろう。もういっしょに住んでないのかも。

発表会で弾いた『エリーゼのために』を、あの人の娘さんは大人になったいまでもときどき弾くことがあるのだろうか。あの人に聴かせてあげたりするのだろうか。

エリーゼさん。

ぴったりの名前が頭に浮《う》かんだ。あの毛糸の帽子のおばあさんのことは、エリーゼさんと呼ぶことにしよう。

七

次の日も部活を無断で休んだら、親に連絡《れんらく》が行ってしまった。

「休むときは、ちゃんと連絡を入れなさい。顧問の田玉《たたま》先生だって心配してくださっているのよ」

ごめんなさいというのがやっと。話そうとすると喉がきゅっと狭くなって、お母さんを前にしたら「部活を辞めたい」といえなかった。環奈ちゃんが部活を辞めるから、という理由を話せば、人のせいにしているって叱られるような気がした。

やっと言葉に出せたことは、「おなかが痛くて」といううそ。

お母さんは、一瞬困った顔をした。お母さんは便秘症《べんぴしょう》で、ときどきおなかを壊《こわ》してトイレにこもるから、責められないと思ったのだろう。

「そういうこともあるだろうけど、無断で休んだらだめじゃない」

「ごめんなさい。気をつけます」

これで親との話は終わった。

でも、次の朝、登校中に環奈ちゃんにもいわれてしまった。

「部活は辞めたんじゃなかったの？　サボるのはよくないよ」

「うちのお母さんから聞いたの？」

「違うよ。増田《ますだ》さんが教えてくれたの。後輩《こうはい》がグループラインに先輩が練習サボってるって書いたから注意したって。増田さんは名前を書いてなかったけど、サボる先輩って、亜美ちゃんのことだよね」

増田さんは同じ二年生で、ソフトテニス部の部長だ。環奈ちゃんとは仲がよかった。

「わたしが亜美ちゃんをサボらせているみたいに思われるから、もういっしょに帰らないよ」

「ごめん」

まさか環奈ちゃんが迷惑《めいわく》することになるとは、思ってもみなかった。

「辞めるって、先生にちゃんと伝える。なんていったらいいのかわからなくて、いえなかった」

「退部届を書いて出せばいいんじゃないかな。生徒手帳に書いてあったよ」

「生徒手帳って、そんなことも書いてあるんだ?」

一年生のときは、胸のポケットに入れて持ち歩くようにという校則を守っていた。持っていても中を見たことがなかった。二年生になったらだれもポケットに入れていないので、家に置いたままだ。

「亜美ちゃんは本当に辞めたいの?」

「どうして?」

「わたしが辞めたせいで、亜美ちゃんが寂しくて辞めるのなら悪いなあと思って」

「環奈ちゃんって、本当に優しいね。大好き」

冬の朝の白い息を吐《は》きながら、大勢の人が太鼓橋を越えていく。風に飛んでいく白い蒸気は、海流に乗る生まれたての自由な海の生き物みたいだ。わたしたち二人も、その産みの親。

「小さいころから、亜美ちゃんとはずっといっしょだったよね」

「そうだね」

「でもこれからは、やりたいことに向かって、どんどん離《はな》れていくんだよね。そう考えたら寂しくなるけど、なにも変わらないままいまいるところから離れられずに大人になるのも怖《こわ》いなって」

「まだ先のことはわかんなくない？」

「わかんなくても、見たいじゃない。今朝、知らない国に一人でいる夢を見たんだ。知らない国にある大きな木に登る途中で、怖いけど、わくわくした。もっともっと先まで見通せるところがあるんだったら、わたしはそこへ行ってみたいって思った。怖くても、一人でも」

「環奈ちゃんらしいね。わたしなら無理」

「そうだよね」

環奈ちゃんはそういって、通学路の先のほうを見た。そのあとは一度もわたしのほうを見なかった。

朝のうちは、昼休みにソフトテニス部の顧問の田玉先生と話をしようと思っていた。なのに、いいたいことをしっかり話せる自信がなくなって、職員室の前まで行って、なにもせずに引き返してきた。

家で退部届を書こう。次の練習日の前までに、それを先生に渡そう。

仕方ないから、きょうは練習に出ることにした。部長の増田さんには、無断欠席のことを謝《あやま》っておいたので、同学年の部員から白い目で見られることはなかった。

だけど、ペアで練習するときになると、パートナーがいない「奇数」のわたしは、みんなのおじゃま虫。どこかに混ぜてもらうたびに、「ごめんね」「ありがとう」っていわなきゃいけない。気を遣《つか》いすぎて、いつもより疲れてしまった。

辞めるつもりの部活動に出ても、練習に身が入るはずがない。みんなにも迷惑になる。環奈ちゃんがいないのだから、続けていたって楽しくならない。だからもう、辞めるしかない。と、決意を新たにした。

八

「ピアノを辞めたんだって？」

一人で遅《おそ》めの朝食を食べていたら、お父さんにいわれた。珍《めずら》しく、日曜日に家にいた。もしかしたらお母さんが休日出勤になると知っていて、休んだのかな。

「好きだったんじゃないのか」

「好き」

ダイニングテーブルに向かっているわたしと、ソファーでテレビを見ているお父さんは、同じ部屋にいるけど背中を向けあっている。

「じゃあ、なんで」

「好きなだけじゃ、だめだって……お、お母さ……」

声にしたら急に涙が出てきてしまい、それ以上いえなくなった。

お父さんの前では泣きたくない。

泣いたらパンを飲み込めない。

むせたふりして洗面所に行って、顔を洗った。涙が止まるまで長めに洗う。

本当は辞めたくなかったのに、お母さんが決めてしまった。お母さんはわたしのピアノをずっと恥ずかしいと思っていたんだ。環奈ちゃんほどうまくないから……。

うまくなくても、好きだった。毎週、レッスンの日が楽しみだった。年に一度の発表会で、小さい子たちといっしょにするアンサンブルが大好きだった。だから、高校生になっても、発表会には出るつもりでいた。

自分の気持ちを正直にいいたい。でも、お父さんにはいっちゃいけない。

わたしがお母さんに不満を持っているとわかったら、お父さんは、子どもが親に文句をいうのは親のしつけが悪いせいだと決めつけて、お母さんを一方的に叱る。ぶつときもある。そうなったらお母さんは、お父さんのいないときにわたしをもっと厳しく、長く、一方的に叱るだけ。

お母さんはわたしに、なんでお母さんをいじめるの、亜美は娘なのにお母さんの味方をしない裏切り者だ、っていって責めるだけ。わたしへの態度を改めようなんて思ってくれない。お母さんが一度決めたことは、お母さんの都合が悪くならない限り、絶対に変わらない。怒《おこ》られているうちはまだましなのだ。そのあとで何日もお母さんから無視され続けるほうがつらい。

お父さんへの不満をお父さんにいったときも、子どもが父親にそんなことをいうのはお母さんのしつけが悪いせい、になる。お父さんは自分のことを変えようなんて思わずに、お母さんを一方的に強く叱るから。そうなったら、あとはもう同じ。

いつもいつも、そういうパターンを繰《く》り返《かえ》してきた。

つまり、わたしは家族に不満を持ったらいけないのだ。

お父さんの前では、お母さんと仲良しの、明るくて優しい女の子になろうと思う。

お母さんはときどき怖い。いつも怖いわけじゃない。異様に優しいときもたまにある。

お父さんはわたしには怖くしない。直接怖くなくても、あとでお母さんを叱るかもしれないから、それがいつも怖い。

お父さんが家で起きているときは、失敗しないよう緊張している。緊張しているとばれないよう、かなり明るく振《ふ》る舞《ま》っている。

顔の水気をタオルでしっかり拭いてもどると、お父さんはソファーに寝そべるようにして、テレビを見ていた。白髪がまた少し増えてるなぁ。染めたらいいのに。

「お父さん、わたし、教室に通うのを辞めただけで、ピアノは辞めてないのです。楽譜《がくふ》はだいたい読めるから、うちで自分の好きな曲を弾くほうがいいなと思って」

「そうか」

「ピアノ教室の分の月謝を、進学の費用に貯《た》めようって、お母さんが話してくれて……」

「そうか」

「わたしのことを考えて、してくれたんです」

「うむ。そうだな」

んなわけないじゃん！　お金の無駄になったからだよ。

お父さんは、一度もわたしを見ない。わたしの話よりテレビに出ているおじいさんたちの政治や経済の話を聞くほうが楽しいみたい。

お母さんからは「お父さんは亜美のことが大好き。好きすぎて、照れちゃうんだって」と聞いているけど、そういうのも、なんだかうそっぽいし、いっちゃ悪いけどキモいです。

わたしは元いたいつもの椅子に座って、背中合わせの状態で聞いた。

「お父さん、きょうはずっと家にいるの？」

「午後からつきあいで横浜《よこはま》の展示会に顔を出そうと思っている。なにか相談でもあるのかい？」

そうじゃなくて、息が詰まるから聞いた。

「お父さんのお休みの日に、うるさくしちゃ悪いと思って。それでは、このパン、食べ終わったら、わたしは図書館に行ってきます」

「うむ。そうだな。本を読むのはいいことだ。行っておいで」

「はい」

そのあと、わたしはお父さんと目を合わせることなく家を出た。

九

十日が丘図書館に行くと、一階のエントランスに、この前拾った伴奏ボランティアの募集チラシが張り直してあった。

まだ人が集まっていないのかもしれない。

足を止め、文を読む。ボランティアをする時間が平日の三時半からでは、ふつうの大人は仕事をしている。会社を抜《ぬ》けてボランティアに来るのは無理だろう。どんな人がやるのだろうか。

　これを見てプロのピアニストが集まってくるとは思えない。音大生も、もしかしたらこの町のどこかにいるかもしれないけれど、時間があるならボランティアよりおしゃれなレストランで生演奏のアルバイトをしたいんじゃないかな。環奈ちゃんが大学生だったら、きっとそういうのが似合う。

　デイサービスの歌の時間って、どんなことをするのだろう。車椅子の眠《ねむ》たそうなお年寄りがどんなふうに歌うのか、わたしには想像できない。

　合唱部みたいなのかな。一人ずつ歌うのかな。歌が好きだったら、カラオケの機械やインターネットのカラオケ動画や、CDを使うんじゃない？　生の伴奏が必要ということは、録音では歌いにくいってこと？　テレビ番組の「のど自慢《じまん》」で、元気なおじいさんが前奏を無視して歌い出すのを見たことがある。あんな感じに合わせて弾いてほしいってことかな。

　もしかしたら、そんなにピアノが上手でなくてもいいのかな。

　二階へ上がる階段のほうをちらっと見る。音が聞こえてこないかな……くるわけない。歌の時間は平日の午後だ。

　壁寄りに立っていたら、わたしの横を四、五人の小さい子たちが通っていった。階段を上っていく。

え、なんで？　お年寄り専用の階じゃないの？　なにかイベントがあるのかな？

好奇心《こうきしん》がわいて、階段のほうに二、三歩足が進んだ。気を取られていて、周りをよく見てなかった……。

「わ、ごめんね！」

人とぶつかってしまった。わたしが謝るより先に、その人のほうからいわれてしまった。

絶対に年上。高校生くらいかな。背中に大きい荷物をしょっている女の子だ。

「すみません。こっちもぼんやりしていて……えっと、ギターですか？」

「そう。ギター、わかるんだ？　これが楽器だってわかんない人も意外と多いんだよ」

「バイオリンじゃないのはわかりました」

わたしが思ったことをいうと、その女の子は笑った。

その人は癖《くせ》を活《い》かしたショートヘアーで、ジーンズ姿。口紅の色が濃《こ》いけれど、日曜日のおしゃれ系の高校生だったら、ごくふつうの範疇《はんちゅう》かな、というメイク。ギターを弾く人なら、当然おしゃれもするだろう。

「音楽やってるの？」

「ピアノを少し。へたですけど」

「それで張り紙を見てたんだ？　よし、いっしょに行こ！」

「え……」

無視する勇気もなく、つられていっしょに階段を上ってしまった。

「わたし、ポーラ。【ポーラC《シー》】って名前で活動してる。Cは『ちゃん』の略じゃなくて海のSea《シー》のシーね」

ポーラって、芸名かな？　顔もしゃべり方も、日本人にしか見えない。

「え、あ、はあ。わたしは本田《ほんだ》亜美といいます」

「ホン・アミね」

「本田亜美です」

「だからホン・アミ。あ、ここでいいのかな。こんにちは！　わたしたち、伴奏のボランティアのチラシを見たんですけど」

えー！　ちょっと強引《ごういん》じゃないの。

ポーラさんが声をかけたのは、この前いた人とは違う受付のお姉さんだった。お姉さんのお姉さんのそのまたお姉さんくらいの。

その人はわたしたちの話を聞きながら、廊下《ろうか》を足早に通りすぎようとしていた男性をすかさず呼び止めた。

「大崎さん、ボランティア希望のかたですって！」

「わあ、ありがとうございます！　ちょ、ちょっと待ってくださいね、すぐもどりますので。そこを曲がったところにソファーがあるのでそちらでお待ちください」

むちゃくちゃ忙しそう。

ポーラさんが廊下のソファーにどっかり座ったので、わたしも横にそっと座った。

あれ？　なんでわたしがここに座っているの？　すっかり巻き込まれてしまった。話を聞くだけなら、ま、いいか。

ポーラさんは、空気が少し環奈ちゃんに似ている。強い女の子の近くにいるとわたしは安心してしまうタイプなのだ。

黙《だま》っているのが気まずくなって、わたしは聞いた。

「活動って、どういう活動をしているんですか？」

「ユーチューブに動画をアップしたり」

「えっ、すごい、ユーチューバーの人、はじめて見ました」

「そんな立派なもんじゃないよ。まだチャンネル登録三人だけだし」

三人？　聞き間違いかもしれない。

「どんな動画ですか。演奏とかですか？」

「『スタンド・バイ・ミー』って曲わかる？　有名な曲らしいんだよ。四つのコードで弾けるし。弾こうか?」

え、いまここで?

そこにさっきの大崎さんという人が小走りにもどってきた。細マッチョなおじさんだ。

「お待たせいたしました。では改めて、こちらの十日が丘ケアプラザのケアマネージャーをしております大崎と申します。このたびは……」

わたしとポーラさんはソファーから立って、ぺこぺこお辞儀《じぎ》をした。大人からこんなふうに丁寧に扱《あつか》われるのは慣れてない。

「こちらのデイサービスでは利用者さんが参加する歌の時間というのがございまして、普段《ふだん》は特に伴奏はつけずにスタッフの中の歌のリーダーさんが音頭《おんど》を取って歌っているのですが、先日、あるかたから中古のピアノの寄付がございまして、せっかくピアノがあるならそれを活用できないかとスタッフで話し合いをしましたところ、歌の時間の伴奏のボランティアの募集をしてみようということで、張り紙を作ってみたのですが、思いのほか反響《はんきょう》をいただきまして、いやはや、このたびはどうもありがとうございます」

ポーラさんが不安そうに聞いた。

「伴奏はピアノじゃないとだめですか?」

「あ、いいえ。ピアノ以外の楽器でも大歓迎《だいかんげい》です。歌の時間とは別に、ボランティアさんがいらしてアコーディオンやハーモニカを演奏してくださることがあるんですよ。ついおとといも音楽《おんがく》療法士《りょうほうし》のタマゴのかたがボランティアでいらっしゃって、小さな太鼓を持ち込んでくださり、まるでお祭りのお囃子《はやし》のように笛に合わせてみんなで叩《たた》きまして、ええ本当にみんな楽しそうになさっていて若返ったと大好評でして――」

「どんな歌を歌うのですか？」

ポーラさんは、大崎さんが息を吸った瞬間に質問をした。大崎さんの話は早口で切れ目がないのだ。

「伴奏の難易度が知りたいです」

「わたしは歌に詳しくないので、実際の歌の時間を見学していただくのがいちばんわかっていただけると思うのですが、利用者さんには歌が好きなかたもいれば、声を出さずにその時間を楽しんでいるかたもいらっしゃいます。ええと、デイサービスについてご存じ……ではないですよね、お二人ともお若い学生さんですものね。では、こちらのデイサービスについてのパンフレットをお渡ししましょう」

「大崎さーん。あ、お話し中でしたね、ごめんなさい。大崎さん、ちょっとちょっと」

エプロンを着けた女性に呼ばれている。思ったより、忙しい職場みたいだ。

「慌《あわ》ただしくてすみませんね。歌の時間に一度、ご見学にいらしてください。それから日程の調整などさせていただきます。では、失礼します」

大崎さんは行ってしまった。

「なんだ。演奏力のテストとか、しないのか」

ポーラさんはギターケースを背負いなおした。

「見学ったって、歌の時間、平日しかないじゃん。また来るか。じゃ、またね、ホン・アミ」

「え、あ、はい」

ポーラさんは三つ折りのパンフレットをひらひらさせて先に階段を下りていった。

高校生くらいの人って堂々としてて、女の子でもかっこいいんだな。中学三年の先輩より、格段に大人って感じだ。

わたしもいつか、あんなふうになれるんだろうか。

階段のわきの案内表示を見ると、二階にはデイサービスの部屋と地域なんとか支援《しえん》センターの窓口があって、三階には老人福祉《ろうじんふくし》センターというのがあった。折り紙教室や俳句の会など、お年寄りたちの趣味《しゅみ》の催《もよお》しをしているところのようだ。さっき小さい子たちが階段を上っていったのは、三階でクリスマス向けの子ども工作教室が、きょうだけ特別に開かれていたからのよう。

「ふうん」

図書館の上の階になにがあるかなんて、全然気にしたことがなかった。ついさっきまで自分にはまったく関係のない場所だったから、いろんな施設《しせつ》があるのになに一つ見えてなかったんだ。

十

わたしは一度もだれかの歌の伴奏をしたことがない。

学校のクラスの合唱でも、当然伴奏をしたことがない。ああいうのはうまい子がやる。つまり、環奈ちゃんがクラスにいるときは環奈ちゃん、環奈ちゃんが別のクラスのときは別の子が――やんちゃな男の子が伴奏したときもある。

わたしもピアノを習っているってみんな知っているはずなのに、先生や友だちから、「亜美ちゃんに伴奏をしてほしい」って声をかけられたことは一度もなかった。

やりたいって自分からいいだしたこともない。

本当は、やってみたかった。けど、自信がなくて、一度も、先生にも、友だちにもいえなかった。

やりたいといって、できなかったら迷惑になる。やれるわけがない。

ただ弾くだけじゃなくて、歌う人の声に合わせて、指揮者のことも見て弾かなきゃいけないのだから。

『エリーゼのために』が弾けるくらいじゃ無理かな。ポーラさんのギターの助手みたいな感じでなら、もしかしたら少し弾かせてもらえるのかな。

でも、次はいつポーラさんに会えるんだろう。

月曜の朝。いつものようにプロムナードの上り坂を歩きながら、同じ歩調で真横にいる環奈ちゃんに聞いた。

「ギターを弾く高校生くらいの女の子で、【ポーラC】っていう人、有名なのかな。スタンドなんとかって歌をユーチューブに載せているんだって」

「知らないなあ」

「環奈ちゃんが知らないなら、わたしが知ってるわけないよね。よかった」

「なにその基準」

「ふふっ」

太鼓橋の急な勾配にさしかかり、ちょっと会話がとぎれる。橋の下を通るバイクが、バリバリバリッと轟音《ごうおん》を立ててすぎていった。

「あのバイク、いつも月曜の朝に通るね」

環奈ちゃんが迷惑そうにいった。

「知らなかった」

環奈ちゃんはいろんなことによく気がつく。本当にすごい。

「環奈ちゃんの新しいピアノの先生って、どんな人だった？」

「うーん、見た目は優しそうに見えたけど、褒《ほ》めてくれない。できるのが当然でしょって」

「厳しいんだ？」

「厳しいっていうか、細かい。毎日ハノンのスケール&アルペジオを全調弾きなさいって。基本が大事なのだから、指の独立と音の粒《つぶ》が揃《そろ》うようフィンガートレーニングを怠《なま》けないでやりなさいって。あとソルフェージュのレッスンも専門の先生に付いて始めるようにいわれた。電車の移動中にゲームをするのは禁止。五分間でも本を読みなさいって。読むなら、小説なんかじゃなくて、音楽を聴きながら作曲家や演奏家の体験が書かれたエッセイ集を読みなさいって、なんかもう。ひまつぶしのときぐらい好きなことすればよくない？」

「ふうん。すごいね、環奈ちゃんはすごい。音楽漬《おんがくづ》けだ」

「すごくないよ。いままでのやり方じゃ全然だめってことだもん」

先週と違って、環奈ちゃんはどことなく元気がない。

「大変そうだけど、環奈ちゃんなら慣れればなんでもうまくできちゃうよ。ね？」

わたしがいうと、黙ってしまった。なにかいいたげな顔なんだけど、唇《くちびる》をかたく結んで、あごに皺《しわ》を寄せている。

中学校に向かう曲がり角まで行くと、やっと環奈ちゃんが口を開いた。

「退部届、書いた？」

土曜の夜のうちに、準備しておいた。環奈ちゃんが辞めてしまったソフトテニス部にいても、楽しくないってわかったから、後悔《こうかい》はない。

「書いてきた。朝のうちに先生に渡してみる」

「そう。亜美ちゃんはいいね、辞めたいときになんでもすぐに辞められて」

「そんなに辞めてないと思うけど」

「卒業式のあとに先輩にお花を渡す役も、一学期の学習発表のプレゼンの役もやりたくないって辞めたじゃない？」

それは、どちらも環奈ちゃんがやりたそうにしていたから、さりげなく譲《ゆず》ってあげたんだけどな……。そんなふうに思われていたのか。

それって、わたしがものすごくだめな子みたいじゃない？　え？　なんで？　環奈ちゃん、代われてものすごく喜んでいたでしょ？　え？　わたし、もしかして責められてるの？

動揺《どうよう》して、わたしはいってしまった。

「ごめん……」

十一

ソフトテニス部の顧問の田玉先生は、部活にちょっとだけしか出てこない。

だから、退部届を渡して、勇気を振《ふ》り絞《しぼ》って、辞めたいんですといったとき、

「本田はいつもよくがんばっているじゃないか」

と、馴《な》れ馴《な》れしく声をかけられて、びっくりしてしまった。わたしが練習しているとき、先生がわたしに「どうだ?」と直《じか》に声をかけてくれたのは、一年生のときに一回あったきりだと思う。入部してまもないころ、ラケットに載せたボールを落とさないようにテニスコートの外周を二十周歩くという練習をしていたときで、先生の顔を見たわたしはボールを落としてしまった。

それ以外は、先輩たちが田玉先生を独占《どくせん》していて、わたしたちは練習することを先生でなく先輩から命令されていた。

「いま辞めてしまうより、もう少し続けてみたら、本田はもっとうまくなれると思う。辞めたらこれまでの努力が無駄になってしまうんだぞ。三年で引退するまで、あと半年くらいだろう」

先生の口ぶりから、本気でいっているようには思えなかった。先生が放課後の練習に顔を出すのは、毎回五分くらいだ。顧問の先生と直接話をしたことはほとんどなかったのに、もっとうま

くなれると思うだなんて、どうしていえるのだろう。先生だから引き留めて、励《はげ》ますようなことをいっているだけな気がする。

「せっかく二年の冬まで続けてきたんだ、一人もこぼれず、全員そろって来年の夏に引退しようじゃないか」

「あの……でも……黒沢《くろさわ》さんは？」

「黒沢には理由があるだろう。ピアノが。辞めてぶらぶら遊んで怠けているわけじゃない。本田は退部して、どうしたいんだ？」

「はあ。まだ決めていません」

「理由があるなら考慮《こうりょ》するが、黒沢につられて辞めるのならだめだ。練習に出なさい」

そこで話が終わりそうになった。

え、ちょっと、待って。なんで辞めさせてくれないの？

理由くらいある。

でもその理由は、だれにもいいたくない。

わたしはピアノ教室を辞めたくなかった。恒例《こうれい》の春の発表会にも出たかった。

だけど「楽しいだけでうまくならない」から、お母さんに辞めさせられてしまった。だから、ピアノ同様に「楽しいだけでうまくならない」ソフトテニス部だって、辞めるんだ。

自分の中で、ずっとモヤモヤしていた気持ち。

環奈ちゃんはピアノのために部活を辞めて、自分の好きなことを続けている。

なのに、わたしは大好きだった発表会もピアノ教室も辞めさせられて、練習相手のいなくなった部活を辞めることもできない。そんなのって、ない。

「あ、あのぅ……やりたいことがあればいいんですか？」

「やりたいことといっても、遊びたいとかゲームがしたいとかは認められない。やることがなくて放課後一人で町をふらふらしていたら悪い大人に目をつけられかねん。中学生が一人でできることなんてないだろう？　一度辞めると、なんでもすぐに辞めるような癖がつくからな。それなりの理由がない限り退部は認められない」

そのとき、デイサービスの歌の伴奏ボランティアのことが頭に浮かんだ。

理由になるだろうか。

でも、突然《とつぜん》ボランティアがしたいだなんていって、田玉先生が信じてくれるだろうか。

「本田は、黒沢が辞めて寂しくなったんだな。ほかの部員にも伝えておくから、もう少しがんばってみなさい」

「あの……」

「なんだ。もうチャイムが鳴るぞ。教室にもどる時間だ」

「あの、やりたいことがあるんです。でもまだだれにもいいたくありません。やってみないと続けられるかわからないから」

「それでは辞める理由にならないな。もう一度よく考えてみなさい。またあとで話そう。これから朝の打ち合わせだ」

時間切れだ。チャイムが鳴り出したので、わたしは急いで教室にもどった。

十二

同じ班の水野玄《みずのげん》くんが、わたしのことを見ている。

気のせいかなと思ったのだけど、どういうわけかきょうは授業中に何度も目が合った。

わたし、なにかしたのかな?

水野くんはごくふつうのクラスの男子だ。良くも悪くも教室では目立ちすぎなくて、敵がいそうにない理想的な中学生。男の子っぽさもあるけど、乱暴なタイプではなく、目の前のことよりその一つ先のことを見ているから、感情的に突っ走る子《つっぱしるこ》には同調しない。だから、ヒーローもののキャラでいえばブルーみたいな、そういうタイプが好みの女子には人気がある。でもブルーのキャラらしく、女子とはうまく距離を取っている。

そんな水野玄くんが、わたしのことを見ている。

見られていると思うと、自意識過剰《じいしきかじょう》になって、また見てしまう。だから目が合う。

え、なんで？　なんだかドキドキしてしまう。

わたしに用事があるのかな。怒ったふうではない。どちらかというと、困っているような……寂しげな子犬のような目で、ちらっちらっとわたしを見ている。

がーっと体温が上昇《じょうしょう》してきた。恥ずかしいよ。気になるからやめて！　男の子から見つめられるなんて、慣れていないんだから！　ま、まさか、わたしのことが好きになってしまったとか……んなわけないから。なにを期待してるの、わたし！　授業の話し合いの時間以外に、しゃべったこともないし。

一時間目の授業が終わって先生が教室を出ていくと同時に、わたしは席を立った。外の風にあたってちょっと頭を冷やしてこよう。

廊下に出るとすぐ、あとからだれかの気配が追いついてきた。

うそっ、水野くんだ！

「ごめん！」

水野くんはわたしにいきなりそういった。

「朝のうちに謝ろうと思ったんだけど、本田さんが着席のチャイムのあとに教室に入ってきたからいえなかった」

なんのこと？　男子から話しかけられた緊張と、理由のわからないごめんをいわれた戸惑《とまど》いが大きくて、すぐに声が出なかった。とりあえず愛の告白ではないらしい。

「理科のノートを間違えて持って帰ってしまっていたんだ。この前、理科室で授業を受けたときだと思う」

理科のあったのは金曜日だ。次の授業は火曜日。

「全然気づいてなかった。それじゃ、わたしが水野くんのノートを持って帰っているってことかな」

「ぼくのも自分で持っていたよ。ただ、本田さんのノートだってずっと気づかなくて……ごめん」

なんでそんなに謝るのだろう。

「ふつうに返してもらえれば、平気だよ？」

水野くんの顔が、たちまち赤くなった。

「描《か》いちゃったんだ、絵を。いつも落書きをしているノートを使い果たしてしまって、別のノートのうしろのページから使っていたんだ。それが自分の理科のノートじゃなかったって、ゆうべになって気がついて」

水野くんの照れた顔、かわいい。

「そういえば、百円ショップで売っていた同じノートを使っていたね。同じノートの子がクラスに五人ぐらいいるなあって思っていた。あれ、百均のノートのわりに紙がいいよね」

「うん。それで、ぼくが絵を描いたページを切り離してからノートを返したいんだけど、うしろの三ページ分を切り取ってもいいかな」

「かまわないけど？」

「よかった。ありがとう。ごめんね、あとで新しいノートを弁償《べんしょう》するから」

「弁償しなくていいよ。返してもらえれば。なんの絵を描いたの？」

水野くんの顔がまた赤らんできた。

え、もしかして、恥ずかしい絵なの？　そんな絵を描くようには見えないんだけど……。

「見たい？」

「うん、まあ……うまく描けたから切り取りたいのかなと思ったから。水野くん、小学六年のときの読書感想画コンクールで金賞だったよね。環奈ちゃんが銀賞で悔しがっていたから覚えてる」

「見ても笑わないでくれる？」

そういわれても、見てみないとわからない。面白《おもしろ》い絵だったら笑っちゃうかもしれないし、気持ち悪い絵だったらぎゃーって悲鳴を上げてしまうかも。

「レジデンスの広告」

「え？」

「ぼくの考えた架空《かくう》の、空想の高級マンションの広告なんだ」

有名人の似顔絵やゲームのキャラとかじゃないんだ？　高級マンションの広告ってどんなんだった？　興味がないので気にしてしっかり見たことがない。そういう絵をひまつぶしに描く人っているの？　男の子ってそうなの？　水野くんが変わっているの？

「ちょっと、予想がつかない」

わたしが浮かべたのは困惑《こんわく》の笑顔《えがお》。でも水野くんにはそれが喜んでいる笑顔に見えたらしい。

「放課後、ちょっと教室に残って。そのときノートを返すね。注目されたくないから、ほかの子にはいわないで。本田さんがぼくの絵に興味を持ってくれて嬉しい。不動産広告の良さがわかる人がなかなかいなくて。ありがとう」

えーと、わたしそんなことまで、いってない。まだなにも見てないし……。

まあ、いいか。ソフトテニス部の顧問の先生のことで気持ちが塞《ふさ》ぎ込《こ》んでいたから、少し気分《きぶん》転換《てんかん》になった。

いつものように一日を過ごし、とにかく放課後が来るのを待つ。

帰りの会が長く感じた。部活に出るふりをして、急いで帰る環奈ちゃんにバイバイをして教室から送り出す。ほかの子にいわないって約束したから、環奈ちゃんにもこのあとのことはいわなかった。

そして水野くんも教室を出ていった。十分もしないうちに教室にはだれもいなくなった。

あれ？　水野くん、忘れて帰っちゃったの？　からかわれたの？　でも、まだ理科のノートを返してもらってないし……。

えー!?

十三

水野くんに約束をすっぽかされるとは、災難が続いているのだろうか。

きょうの部活は、堂々と休むことにした。退部届を渡しているのに退部させないほうが悪い。顧問の先生にはいえないけれど、いまはそう思う。

通学路を一人で歩く。中途半端《ちゅうとはんぱ》な時間なので、道の前にもあとにも下校する生徒がいない。

自分が世間から見放されているみたいに感じる。

でも、そういうのも、清々する。そっちがそうなら、こっちだって気にしないから。

曲がり角を曲がると、駅前のスーパーで買い物してきた人たちが、それぞれのペースで、まばらにヒルタウンのほうへもどっていくところが見える。みんな知らない人ばかり。わたしは孤独《こどく》だ。

街路樹の落ち葉をよけて歩いていくと、太鼓橋が見えてきた。

わきのベンチに毛糸の帽子のおばあさんがいる。エリーゼさんだ。

前に見たときと同じような格好で、ベンチに座って一人で休んでいる。

話しかけてみようかな。わたしのこと、覚えてくれているのかな。やめたほうがいいのかな。

迷いながら、近づいた。だれかと話がしたい気分だった。

「あの、こんにちは」

「あらあ、こんにちは」

優しい声に緊張が緩《ゆる》んだ。

「何日か前に、ピアノで『エリーゼのために』を弾いたことがあるって話をした者です」

「あらあ、そう？」

わかっているのかいないのか、微妙《びみょう》な返事だ。それはどちらでもいい。

わたしはエリーゼさんの隣《となり》に座った。

「歌を歌うのは好きですか？」

「そうねえ、歌はいいものねえ。昔はよく娘と歌ったわ」

「ピアノで歌の伴奏をすることに、ちょっと興味があるんです」

「そう」

冷たい風が突然びゅーっと吹《ふ》きつけてきた。小さい体のエリーゼさんはもっと小さくなった。

「おう、寒。もう行かないと」

話が終わってしまいそうだったので、わたしは続けた。

「でもなかなか勇気が出せなくて。間違えないように弾けるかどうか、わからないし」

「ピアニストも、コンサートの前は緊張で指が震《ふる》えるそうよ」

「そうなんですか？」

「ベテランになれば、そうでもないのかもしれないけれど、娘のピアノの先生は、ブルブル震えていたわ。よーいしょ」

エリーゼさんがベンチから立つのを手伝った。

「あたしね、本当は音楽の先生になりたかったのよ。でも勉強するにもなにもない時代だったでしょう？　それで娘にはピアノを習わせたのだけどね、なかなか親の思いどおりにはいかないものね。それじゃあ」

「はい。お気をつけて」

うしろ姿を見送っていると、向こうからこちらに歩いてくる人がいた。

エリーゼさんの進路と交差するのを回避《かいひ》したあたりで、速度を速め、走ってきた。な、なに？

制服を着ただれかがわたしに一直線に向かってくる。

「ごめん！」

水野玄くんだ。荒《あら》い呼吸をしながらわたしに頭を下げた。

「家に着く前に約束を思い出して学校にもどったんだけど、もういなくて。校庭にも体育館にもいないし。駅のほうに住んでいたと思ったから、途中で追いつくかもと思って、こっちに来てみたんだ。よかった、会えて……」

本当に忘れていたのか。意地悪をされたわけでないなら、いいか。

「理科のノートは？」

「持ってきたよ。まだ切ってないんだ。そこのベンチでいい？」

「いいよ」

さっきまでエリーゼさんと座っていたベンチにもどった。

水野くんて、ノートを間違えて持ち帰ったり、約束を忘れて帰ってしまったり、意外とそそっかしいところがあるんだ。教室でこれまで思っていたイメージより、ちょっと幼いのかな。でも、一生懸命《いっしょうけんめい》謝ってくれたから、悪い感じはしない。

授業以外でしゃべってみたら、水野くんはヒーローもののブルーのキャラではないみたい。こういう役はグリーンとかイエローとかかな？

十四

水野くんはわたしの理科のノートをベンチに置いて、心の中で「えいっ」とかけ声をかけているようにうしろのページを開いた。

マンションの絵といっていたから、玄関《げんかん》とかキッチンとかの間取り図だろうと思っていた。けど、はじめにわたしの目に飛び込んできたのは、夕焼け空の色の残った夜の都市の風景だ。上空から眺《なが》めたような東京かどこかの夜景の中に、高層マンションがすうっと建っている。うん、リアルな建物ではなくて、まっすぐな光の塔《とう》だ。

びっくりした。色鉛筆《いろえんぴつ》で細密に描いたファンタジックな風景画として、ふつうにうまい。違った。ふつうじゃなくて、むちゃくちゃうまい。そして、絵の枠《わく》の中に文字が大きく添《そ》えられている。

《新たなるレガシーが始まる　レジデンス・グランタワー水都《すいと》》

次のページをめくると、今度は森林公園の中のように整備された緑豊かな遊歩道がある。その道の木々のあいだから見上げた空にメキシコにある階段ピラミッドのような幻想的《げんそうてき》な集合住宅。濃い夏空には、逆光で撮影《さつえい》したときに画面に現れるような、光漏《ひかりも》れの六角形の光の筋がキラキラ伸びている。本当に絵が光っているみたい。そこにも文字が書いてある。

《神殿《しんでん》に招かれて　水野イン・ザ・ガーデンパーク》

次のページは、穏《おだ》やかな広い川が画面の中心になっている。川の中州《なかす》から見たような構図だ。川を見守るように高層マンションの影《かげ》が水面に映り込んでいる。川の両岸の土手には、桜の並木がピンク色の綿飴《わたあめ》みたいに遠くまでつながっている。少し先に鉄橋があって、そこを電車が走っている。アニメの映画のワンシーンみたいに、電車の音がいまにも聞こえてきそう。

《未来語りの暮らしはウォーターフィールドを眼下に》

ふえええええ！

すぐに反応できないくらい、見とれてしまった。

「水野くんて、小さいときからこういう絵を描いていたの？」

「去年くらいから。東京の親戚《しんせき》の家に泊《と》まりに行ったとき、ゲーム機忘れてすっごくひまだったんで、そこの家が古紙回収にためてあった広告のチラシを見ていたんだ。そのとき、家電や出前ピザとかのチラシと違って、不動産の広告の中にはデザインに独特なのがあるとわかって、それをまねしたら面白そうだなと思ったんだ。風景画を描くのって、わりと好きだったし」

「ふえええええ！　すごーい！　絵に付けたこの言葉も、水野くんが考えたの？」

聞いたら水野くんは頬《ほお》を赤くした。

「変だよね。でも、レジデンス広告のコピーってこんな感じのポエムだからさ……」

「そうかも」

よくわかってないけど、同意。

郵便受けに入っているチラシ広告は、食べもの屋さんの出前のはたまに見るけれど、自分に関係のないマンションの広告までちゃんと見たことがなかった。でも、水野くんにいわれて思い返してみると、そんな感じがする。

「そういえば、十日が丘にも、新しいマンションがもうすぐできるね」

中学校から見える場所で、ずっと工事をしているヒルタウンの一帯がある。

「そのチラシも集めてるよ。内覧会にも行ってみた」

「え、すごい。マンション買うの？」

「買えないけど、わくわくするでしょ。自分の住んでる町に、これまでなかった新しい生活の空間がぽこっとできるんだよ。大型マンションが建つってことは、そこに新しい町内が一つできるってことだよ」

町内？　あんまり考えたことがなかった。

「この三ページ分、はさみがないから、定規を使って切るね」

そういって水野くんはペンケースから定規を取り出した。折り目を付けたって、きれいに切れるはずがない。雑に切り離してしまったら、絵の魅力《みりょく》が失われそうな気がした。

「待って。切らないで。ノートはこのままでいいよ」

「でも……、ノートを返さなきゃ」

わたしは、とっさに浮かんだアイデアを水野くんに伝えた。

「この絵、わたしにくれない？　水野くんも手元に残しておきたいなら、これをうちのタブレットで写真に撮《と》って、あとで画像をあげるから、ノートはこのままにしておきたい。大切にするから」

「え……でも、いいの？」

「ほかにもこういう絵を描いているなら、見てみたいな……」

「マジか」

水野くんは興奮し、真っ赤な顔になっていた。

「ぼく、もしかしたら、本田さんと……結婚《けっこん》するのかなあ」

は？

「なんかいま、変なこといわなかった？」

「変じゃないよ。ぼくは、ぼくの絵をわかってくれる人と結婚するんだろうなって予感がするんだ」

「わたしの気持ちは？」

「本田さんはぼくと結婚したくないの？」

水野くんはふざけていっているようにも見えない。

え、いま答えるの？

水野くんは返事を待っている。

水野くんが嫌いじゃなくても、好きな気持ちがあったとしても、結婚なんて考えたことがない。いつかだれかと結婚するんだろうとは思っているけど、それは遠いいつかの話。

ふざけて聞いたのならふざけて答えられるけど、落ち着きはらった口調で結婚したくありませんっていったら、いわれたほうは傷つかない？

小学生のとき、席が隣だった男の子が、環奈ちゃんから「亜美ちゃんが好きでしょ？」って聞かれて、「こんなやつ好きじゃねーよ、バーカ」っていうのを聞いて、わたしはとても傷ついた。その子が好きだったわけでもないのに。

水野くんて、教室ではふつうに見えるのに、もしかしたら、ものすごく変わっている？　だってわたしたち中二だよ？　それに、つきあってもいない。好きかどうかも確認《かくにん》していない。

「結婚はまだ先の話だし……、水野くんのこと、よく知らないから、そのときにならないとわからない」

「そうだね。大人にならないとわからないことだ」

水野くんはあっさりといった。

「間違えたのが本田さんのノートでよかった。じゃあ、またあした、学校で」

「うん。バイバイ」

そこで別れて、水野くんはヒルタウンのほうへ、わたしは太鼓橋を駅のほうに下っていく。

坂道を下りながら、一人になって、ようやくドキドキしてきた。表情に出したらいけないと思って、恥ずかしさをがまんしていた。よくわからない感情が、ぐるぐるしてる。

わたし、プロポーズされたんだろうか？

でも、水野くんには、その自覚がなさそうだ。

でも、でも、わたしのことが好きじゃないなら、あんなふうにはいわないはず……。

自分がだれかの彼女《かのじょ》になるところを、一度も想像したことがない。自分に恋人《こいびと》ができるのは、どんなに早くても高校生になってからだと思っていた。

体がふわふわする。ドキドキしている自分って、単純すぎる。

これ以上水野くんのことを考えてしまわないよう、家に着いたら真っ先にピアノを弾こう。

十五

宿題をするのも忘れて、ずっとピアノを弾き続けていたせいで、朝起きたら手の指の関節と手首と肘《ひじ》が熱っぽい。発表会の前だって、こんなになるまで練習したことはなかった。

鞄の中に火曜の時間割りの教科書が入っているのを確認して、家を出る。

マンションのエントランスのいつもの場所で、環奈ちゃんが待っている。

「おはよう。お待たせ」

「遅い。遅いよ」

不機嫌《ふきげん》な声に戸惑う。

「いつもと同じ時間だよ。テレビの時計を見て家を出たし」

「人を待たせたら同じだよ。いつだってわたしが先に来ているよね」

「ごめん。約束の時間にまにあえば、先に来てなくてもいいと思っていた」

「いいわけするの？」

どうしちゃったんだろう。なんて答えたらいいのかわからなくて、また「ごめん」といってしまった。

環奈ちゃんはずんずん歩いていく。置いていかれないよう、わたしもずんずん歩く。横並びに歩きながら、ちらちら環奈ちゃんの顔色を見る。

「ごめん。怒らないで」

「怒ってないよ。そうやってちらちら顔色うかがわれるのって、イラッとするだけ。亜美ちゃんはいつもそう」

「いつもそうって……。環奈ちゃん、どうしたのかなって、心配してただけ。見ないようにするよ」

環奈ちゃんは黙っていた。太鼓橋まで来ても黙っていた。見ないようにしたから、どんな表情をしているのかわからない。沈黙《ちんもく》に耐《た》え切れず、わたしはいった。

「きのう、退部届出したよ」

「そう」

ひとことでも返事が返ってきてホッとした。けんかをしているわけではない。環奈ちゃんは話したくないんだ。わたしも黙っていよう。

そのまま並んで広い歩道を歩いていく。中学校への曲がり角まで来たときに、ヒルタウン側から男子が一人登校してくるのが見えた。

あの背格好は、水野玄くんだ。

水野くんとわかったとたん、自分の顔が赤らんでくるのを感じた。顔の表面が急に熱くなったから。

なんでドキッとしてんの、わたし。

落ち着くために、顔の温度を下げたくて、冷えた手のひらを両頬に当てた。

理科のノート、まだ水野くんの絵の写真を撮ってなかった。

タブレットで撮った画像、どうやって水野くんに渡そう。ラインで送ればいいのかな。でも、水野くんのラインと繋がらなきゃいけないし、男子とラインをしたらお母さんがどう思うだろう。

やっぱり絵は、切り離して返したほうがいいのかな。

理科のノートを見るたび、プロポーズされたこと思い出してしまいそう。

環奈ちゃんが急にわたしのほうを見た。

「なにくねくねしてるの？」

「ち、違うよ。指が冷たかったから顔で温めてみたの」

顔に手を着けて早歩きしていたから体が揺《ゆ》れてくねくねしているように思われたのかも。水野くんにもそう見えていたらいやだ。

環奈ちゃんが両手をグーパーしながらいった。

「あしたから手袋《てぶくろ》してこようか」

「うん。手袋があったほうがいいね。環奈ちゃんって、将来結婚したいと思う？」

「したくないという理由はないから、たぶんするんじゃないかな。好きになった相手がお金持ちで、頭が良くて、外見も好みで、都会に家を何軒《なんげん》も持っていて、わたしのいうことを聞いてくれる人で、どうしても結婚してほしいといわれたらするかもしれない。あと、できればわたし名前を変えたくない。別々でいいっていってくれる人か、どうしてもわたしの名前を変えてほしいんだったら、名字がかっこいい人」

「そっか。結婚したら、どちらかの名字が変わるんだったね」

うちは、お母さんかたの名字だ。女性のほうが男性の名字に変わることが多いけど、うちは違う。だから自分の名前が変わるかもなんて考えたことがなかった。それに、結婚しても別々の名字でいたい人のために法律を変えようとしている人の話をテレビで見たことがある。

本田亜美。本田玄。

水野玄。水野亜美。どっちになっても、悪くないかも……。べ、別に水野くんと結婚するって決めたわけじゃないけど。

学校の玄関でうわばきに履《は》き替《か》えていると、水野くんがあとから入ってきて、ごくふつうに「おはよう」といった。環奈ちゃんが「おはよう」と返すのに隠《かく》れるようにわたしも小声でいった。

なんでだろう、きょうは水野くんの顔をまっすぐ見れない。

十六

一日中、緊張していた。特に理科の時間は、ぜったいに水野くんを見ないように無理な角度に顔を傾《かたむ》けていたから、肩《かた》が痛いくらいこっていた。帰りの会の時間になって少し緊張が解けてきたら、全身に力が入りすぎていたって気がついた。

いつも以上に疲れてる。早く家に帰りたい。とりあえずピアノを弾いて、なにもかも忘れたい。きょうは環奈ちゃんといっしょに帰れるだろうか。きのう退部届を出したのだから、いっしょに帰ってくれると思う。

会が終わった。環奈ちゃんが教室を出るタイミングでわたしも出られるよう、猛《もう》スピードで帰《かえ》り支度《じたく》をした。

すると、わたしの机の前に、ずいっと人が近づいた。

あわわわ、水野玄くんだ。怒ったような、困ったような顔をして、わたしにはっきりといった。

「本田さん。ぼく、なにか悪いことをしたのかな。あからさまに避《さ》けられている気がするんだけど」

「そ、そうじゃなくて……」

周りの目が気になった。まだクラスの子たちは教室にいる。みんながいたら、いいにくい。環奈ちゃんのような子ならともかく、わたしのような子が男子としゃべっていると、からかう子がいるだろう。

わたしが困っているのが伝わったらしい。水野くんはいった。

「こっちに来て」

手をつかまれた。引っ張られたので席を立ってついていくしかない。

えっ、ちょっと……これ、思いっきり手を繋いでいるんですけど？

廊下に出ても水野くんはまだわたしの手をしっかり握《にぎ》って引っ張っていく。

「あの、痛いよ」

「ごめん。強く握ったつもりはないけど……」

少し力が緩む。でもわたしの手を握ったままだ。

「ゆうべピアノを弾きすぎて、ちょっと熱を持ってるの」

「ピアノ、弾くの？」

「少し。へただけどね」

教室から見えない、生徒のいない階段の途中で水野くんは足を止めた。そして手のひらに乗せたわたしの指を特別なもののように見てる。舞踏会《ぶとうかい》でも始まるみたいに。そんなふうに見られたら、恥ずかしいでしょ。

「み、水野くん、女子と手を繋ぐとか、全然気にしない人なんだ？」

「本田さんなら手を繋いでもいいかと思った」

それってどういう意味だろう？

「わたし、許可してない」

「……そうか。事後承諾《じごしょうだく》になるけど、触《さわ》ってもいい？」

直球で聞くか。

「だ、だめ。恥ずかしいから」

わたしは手を引っ込めた。もっと早くそうすればよかったんだ。

「帰る」

「じゃあ、途中まで——」

「一人で帰る」

「まだ質問に答えてもらってない。きょう、ずっとぼくを避けていたよね」

「だって……その……」

水野くんの瞬《まばた》きするのがはっきりわかる距離。男子の瞳《ひとみ》でも、環奈ちゃんみたいに澄《す》んでいてきれい。

「教えてよ。ぼくは知らないうちに水野さんに嫌われるようなことをしたのかな」

「違います」

心臓がバクバクしてきた。

もしかして水野くんて、自覚がない「女たらし」なのか。

恥ずかしくて、泣きそうになる。ドキドキしているわたしのほうが変なんだろうか。好きっていわれたわけじゃないのに、水野くんのこと、気になっちゃったじゃない！

「き、急に接近しすぎ」

水野くんは驚いたように一歩下がった。

「ぼくを避けるから、ちゃんと話ができるよう、逃がさないように捕《つか》まえたんだ」

「ち、中学生になったら、友だち同士だって、手を繋がないよ。わかる？　男の子と女の子が手を繋ぐのは……違う意味になるって、わかっている？」

「ごめん、もう友だちだと思っていたから、考えてなかった」

「水野くん、男子だし。わたしと結婚するのかなとかっていうし、意識しちゃうよ」

「それって、つまり、これまではまったくぼくが男だって意識してなかったということ？」

「そういう意味じゃなくて……ううう……。じゃあ、水野くんは、いったいわたしに、どうしてほしいの？」

「避けないでほしい。それから、できればもっと仲良くなりたい。ぼくの絵を気に入ってくれたから、本田さんのことも知りたいと思う」

水野くんは照れたふうもなくいいのけた。こっちが茹《ゆ》でダコみたいに真っ赤になっているだけ。

「それって、愛の告白じゃないの？　違うの？　恋愛《れんあい》とかじゃないの？」

「恋愛とかのことは、よくわからないんだけど、そういうのじゃないとだめなら、できる範囲《はんい》で努力してみるけれど……」

な、なんと！

「ど、努力しなくていい。なんとなく、わかったから」

水野くんは恋愛抜きで純粋《じゅんすい》に好きになってくれて、わたしと仲良くしたいと思っている。

そんなふうに一方的にだれかに好かれるなんて、これまでの十四年の人生に一度でもあっただろうか。

「あ、あのね。男子としゃべるの、慣れてなくて、どういうふうにしたらいいかわからなかったの。まだちょっと恥ずかしいから、目を合わせないこともあると思うけど、水野くんを避けているんじゃないから。そのことは知っておいて」

「うん、ありがとう。いってもらえて安心した」

「ノートのあの絵も、あした切って持ってくるから」

「本田さんが持っていてくれるんじゃなかったの？」

「わたしがタブレットで写真を持っているよ。画像を送るより、ノートを切って渡したほうが早いでしょう。画像を送るにも、水野くんのラインを知らないし」

水野くんはポケットから小さくたたんだ紙を出した。

「これ、きょう渡そうと思ってた。まだ親と共用なんだけど」

ラインのＱＲコードがプリントされている。準備してくれていたんだ。

「ありがと……」

「だから、ノートは切らないで本田さんが持っていてよ」

「わかった。じゃあ、前の約束どおり、写真を撮ったら送るね。わたしのライン、お母さんのタブレットで使っているから、たまに親チェック入るんだ。えっとね、念のため確認なんだけど、水野くんは、わたしとつきあうとかじゃないんだよね。つきあうっていうのは男女交際という意味で」

「…………」

水野くんは黙ってうつむいてしまった。

「え、意味わからなかった？　お母さんにどういう子って聞かれるかもしれないし、クラスのだれかにからかわれたら、違うってちゃんといいたいから、念のため確認してみたの。友だちとして仲良くしているだけってはっきりいったら、冷やかさないでくれる子もいると思うし、水野くんのことが好きな女子とかに、ひがまれないで済むし」

水野くんは、欲しいものを遠慮《えんりょ》しているような目で、申し訳なさそうにいった。

「いまはそうなんだけど……、本田さんとつきあいたくなったら、つきあってもいい？」

ドッカーン！

顔面から火が噴《ふ》くどころじゃなくて、爆発しそうになった。いまのが告白じゃなくてなんだというの？

水野くんはやばい。本当に好きになったら、絶対に振り回される。もう手遅《ておく》れかもしれないけど。

「そ、それは、たぶん、そのときになってみないとわからない。予約とか、受け付けたことがないから」

「そうだね。そのときにならないとわからないことだ。まずは友だちになれて嬉しいよ」

水野くんはあっさりといった。

無自覚なの？　わざとなの？　純粋なの？　天然なの？　小悪魔男子《こあくまだんし》なの？

ほかの女の子にも、同じことをいうのだろうか？

十七

水野くんと話したあと、教室にもどったら環奈ちゃんはいなかった。先に帰ってしまっていた。きょうも一人で下校か。グラウンドや体育館から聞こえてくる部活動のかけ声を聞かないようにして、足早に学校の門を出た。

わたしのことを知ったら、水野くんはがっかりしないかな。

もっとわたしがピアノもソフトテニスもうまかったらよかったのに。勉強ができたり、どこから見てもかわいかったり、お金持ちのおうちの子だったらよかったのに……。せめて環奈ちゃんくらい、自分に自信を持てたらよかった。

そんなことを考えてしまう自分って、小学校のころから全然成長していない。

水野くんと友だちになれたのに、自分が水野くんにふさわしい友だちの女の子なのかが、不安になるなんて。

角を曲がって太鼓橋が見えてくると、いつものベンチにエリーゼさんがいるのがわかった。

わたしはまっすぐに、エリーゼさんのところに向かった。

「こんにちは」

「あらあ、こんにちは。お歌の伴奏は続けているの？」

え？　そういえばきのう、そんな話をしたんだった。水野くんのことでずっと頭がいっぱいになっていた。わたしはエリーゼさんに「はい」と答えた。うそなのに。

「たまにだけです。わたしは手が小さいから指が届かないことが多くて」

「手を見せて」

エリーゼさんの隣に座って、両手をパーにして差し出した。日暮れどきであたりは薄暗《うすぐら》くなり始めていたので、手のひらは白く浮かんで見えた。

「きれいな手ね」

「ピアノを弾くには小さいんです」

エリーゼさんはもそもそとフリースの手袋を外した。皺だらけでシミだらけの、赤っぽい手《て》の甲《こう》が現れた。

「こうして見ると、本当におばあさんの手になったものね」

「そんなことないですよ」

社交辞令でいったけど、確かにお年寄りの手だった。

エリーゼさんはわたしに手のひらを見せた。

「あたしね、薬指に、一本ずつ余分な皺の線があるのよ」

エリーゼさんの薬指には、第一関節を曲げたところの皺から一センチくらい離れた第二関節側のところにくっきりと横一本の余分な皺がある。両方の手とも薬指だけそうだった。わたしの手には関節のところにしか皺はない。

「子どものとき、気持ち悪いっていじめられてね。自分の指はおかしいんじゃないかって、いつも不安だった。じゃんけんをするときに、見られたくなくてパーを出さなかったくらいよ」

「痛くないんですか？」

「痛くないわよ。関節や骨の異常でもなくて、ただ皺が多いだけなの。あたしのおばあさんも、同じような皺があったから家族は心配してなかった。あたしの娘にもやっぱり皺があったのよ。一重《ひとえ》まぶたと二重《ふたえ》まぶたの違いのようなもの。でもね、なんともないってわかっていても、人にいわれると子どもだから気になるじゃない？」

「そうかも」

「あたしはいろんな大人の手のひらを見せてもらったわ。薬指だけでなく、小指に余分な皺がある人もいたのよ。ほかにもときどきこういう皺のつきかたの人がいるの。異常なんじゃなくて、いろんな皺のつきかたの人がいるのよ。ええと、あなたの、なんの話だったかしら」

「ピアノを弾くには、少し手が小さくて」

「そうそう。みんなとおんなじ手にならなくていいのよ。みんな違うの」

エリーゼさんはにこりと笑った。

「でも、手が小さいと、どんなに練習しても弾けない曲がたくさんあるんです。小さいということは『ピアニストの才能』に欠けているってことなんです」

「巧《たく》みな手になれないのなら、優しい手におなりなさい。あなたの手は、あなたが好きなように使っていいのよ。ピアノ、好きなんでしょう？　好きなピアノを弾きたいように弾くのでいいのよ」

クラシックピアノは、楽譜のとおりに弾くのが基本だ。楽譜どおりに弾かないと、弾けたことにならないんだけど……。エリーゼさんはわたしを元気づけようとしていってくれているから、いい返したら悪い。

「えっと、そうですね」

「娘がね、学校で、自分の手のデッサンを描きなさいっていうからそっくりに描いたのよ。そのとき、先生から指の皺が変になっているっていわれたらしいの。それで、娘は先生に自分の手を見せたのよ。あたしの指はこういう指なんですって。お母さんの指の皺もそうですって。そうしたら先生は、あなたはそうかもしれないけれど、そういう皺は間違っているから、描いた線を消しなさいっていったらしいの。それで、娘は絵の皺を消してしまった。消さなくてもよかったのにねぇ……」

エリーゼさんはよーいしょっとベンチから立ち、ショッピングカートをつかみ、帰り支度をした。

「娘のデッサンは学校の文化祭で金賞をもらったの。娘は賞状をもらって帰ってきたわ。喜んでいたと思う？　落ち込んでいたわよ。見たままの絵を描かなきゃいけないのに、うその絵を描いちゃったって。みんなと違う自分の指の余分な皺のほうを消せたらよかったのにって……。それじゃあね」

さよならをいってペンギン歩きを見送りながら、わたしはエリーゼさんの娘さんのことを考えた。

自分だったら、絵の指の皺を消さなかっただろうか。ううん、先生にいわれたら消してしまっただろう。みんなの目を気にして、自分だけにある皺なんてはじめから描こうとしなかったかもしれない。間違えて描いているなんて思われたくないし、間違ってないといったら珍しい指の皺に注目が集まってしまうことになるし、そんなの、どちらもいやだ。でも、そうなったら、エリーゼさんが子どもだったときみたいに、人に手のひらを見せないように、じゃんけんするときにはパーを出さないようにして、過ごすんだろう。自分の手を、恥ずかしいもののように隠しながら。

環奈ちゃんだったら、どうするだろう。指のどんな皺でも堂々と描き、自分のなにが間違っているかに納得《なっとく》できるまで、消さなかったと思う。あるものをないとはいわない。消す必要のない線だったら、だれになにをいわれても消したりしないはず。環奈ちゃんだったら、そうする。そういうのも「才能」っていうのかもしれない。

ピアニストの才能？　ううん、環奈ちゃんが環奈ちゃんだという才能。

十八

水野くんに画像をラインするついでに、お母さんのタブレットでユーチューブを開いた。

検索窓《けんさくまど》で【ポーラC】さんの動画を探してみると、化粧品会社《けしょうひんがいしゃ》や関係ない人の情報ばかりでなかなか見つからない。ページをいくつか進めて、それらしいギターの動画にたどり着くことができた。

『スタンド・バイ・ミー　オリジナル歌詞《かし》　ギター弾《ひ》き語《がた》り』【ポーラC】

たぶんこれだ。チャンネル登録者数は三人、視聴回数《しちょうかいすう》は十二回だった。

再生すると、ディズニープリンセス柄《がら》のカーテンと、ギターを持ったポーラさんのうしろ姿が映った。自宅で撮影した動画のよう。

ポーラさんは斜めうしろ向きの姿のままでギターを弾き出した。短いイントロのあとに歌い出す。

はっきりいったら悪いけど、歌もギターもうまいとはいえない。なぜかこちらが恥ずかしくなってしまい、見たらいけないような気がした。録音も良くない。だけど字幕に出てくる変な歌詞と堂々とした歌いっぷりに妙《みょう》に惹《ひ》きつけられて、ためらいながらも最後まで見てしまった。

『産んでない　はずか　あんたら似た
欺《あざむ》く　意地より　だいぶいいし
ドアをひろげ　ほわあぁあんとビアフェス
ジャズ太郎《たろう》　永住ステイ　捨てん婆《ばあ》　見い
そだー　いいんだー　いい　捨てん婆　見い　おお　捨てん婆　見い
おお　捨てん　捨てん婆　見いー　捨てん婆　見い』

曲は、テレビかなにかで聴いたことがある。外国語の歌詞を、日本語っぽくして歌ったみたいだった。そのわりに、笑いを取ってウケようとしているふうでもない。ただ、一生懸命なのは伝わってくる。だからすごくアンバランス。

チャンネル登録者数三人、視聴回数十二回に納得してしまう。わたしが見たから十三回か。

もう一回再生してから、環奈ちゃんにこの不思議なギター弾き語り動画を教えたら、どんな反応をするか知りたいと思った。

でも、ポーラさんのことを悪くいわれたら、ちょっといやかも。

それで、水野くんにラインで動画を教えた。

『知り合いの人の動画なので、よかったら見てください』

『見ました。ギターが弾けるなんてすごいです。中学生ですか？』

『たぶん高校生なんです』

『高校生で動画を上げているなんて、勇気がありますね』

『そう！　わたしもそう思いました！』

うまいとかへたとかじゃなくて、そういう感情を共有したかったのだ。【ポーラC】さんは堂々としていてすごいって。わたしとは正反対の人だから。

この感覚は環奈ちゃんにはわからないだろう。水野くんに見てもらえてよかった。

『個性的なかたですね』

『そうなんです。はじめて会ったとき、押しが強くてびっくりしたけど、かっこいい女の人です』

『どこで知り合ったのですか？』

ボランティア募集と書くか迷って、少し変えた。

『図書館で』

建物は同じだ。

『十日が丘図書館？　ぼくもときどき行きます』

『本が好きなんですか？』

『本というか、地域資料や再開発計画の地図を見に』

『再開発計画！　水野くんも個性的です！』

『これから塾なので、またあした学校で』

『またあした』

思いのほか、長いやりとりをしてしまった。水野くんのことが少しわかったような気がした。

ドキドキが収まらなくなって、タブレットを置いて、きゃーっと両手で顔を覆《おお》った。

十九

水曜日はいつも授業が少ない。だから、学校が早く終わる。それで、デイサービスの歌の時間の見学に、勇気を出して行ってみることにした。もしかしたら、ポーラさんが来てるかもしれない。

動画を見たって伝えたい。うまいとかへたとか抜きで、【ポーラC】さんの姿に励まされたというか、自分もなにかを始めたいと思える動画だった。

わたしがなにかを始めるとしたら……いますぐ始められそうなのは、ピアノ伴奏のボランティアかもしれない。

家に帰って着替えると、戸締《とじ》まりをして家を出た。

プロムナードの最初の十字路を東に曲がると、冬の午後の飴色の陽《ひ》ざしは、わたしの足から矢印みたいな細長い影を作った。「さあ、行きなさい」っていうように。

二重の自動ドアを抜けると、エントランスの図書館の入り口には目を向けず、軽《かろ》やかに階段を上がる。

二階に上がってキョロキョロしてみたけれど、自分がどこへ行けばいいのかわからない。

緊張するけど、受付窓口の人に聞くしかない。

「すみません。こんにちは。えっと、デイサービスの歌の時間を見学させていたらき……いたらき……いただきたいのですが」

恥ずかしい。緊張のあまり言葉をかんでしまった。落ち着いて、落ち着いて、自分。

「デイサービスのお部屋は右手奥の青い扉《とびら》になります」

入り口の青い扉は引き戸になっている。少しだけ開けてのぞこうとしたら、

「どうぞ!」

中にいたエプロンをした人が扉を大きく開けた。ウエルカムな空気にドギマギ。

その人はわたしを見て、いっそう明るい表情になった。

「あら、学生さんかしら？　若いお客様は嬉しいわ」

部屋の中には、椅子に座ったお年寄りたちと、スタッフのエプロンを着けた女性たちがいた。大崎さんはいない。最初に声をかけてくれた人とは別の、小柄でハキハキした女性が笑顔で寄ってきた。

「歌の伴奏のボランティアのかたですか？　ありがとうございます」

「え、えっと、ボランティアするかどうかはまだ決めてなくて、きょうはどんな曲の伴奏をするのか見学してみたくて来ただけで、すみません、まだそんな……」

「ええと、今朝お電話をくださった……ホウラシイさん？」

バインダーの予定表の紙をめくっていうので、ちょっとのぞき込むと、「行けたら行く　法羅《ほうら》シイ（若い女性の声）」と走り書きがある。変な名前。もしかして……。

「あ、その人と違います。電話はしてなくて。あの、その電話の法羅シイという人、カタカナとアルファベットの【ポーラC】さんの聞き間違えかもしれません」

いいながら、笑いそうになってしまった。少し緊張がとれた。

「あら、うふふ。そうかもしれないわね」

【ポーラC】さん、あのあとでちゃんとボランティアの連絡を入れていたんだ。また会えるかもしれない。高校生のポーラさんがいるとなれば、ちょっと勇気が出た。

別のスタッフがこちらに歩いてきた。やたらと姿勢のいい女性だ。

「こんにちは、ご見学ですね。本日の歌のリーダーの関根《せきね》と申します。こちらのピアノなんですけれどね、せっかくあるのに弾かなかったらもったいないという話になりましてね。まだ使えそうですか？　こちらが今月の歌の歌詞カードです。このようなものを毎月用意しています」

関根さんはてきぱきと説明をした。元は学校の先生だったのかもしれない。

渡された歌詞カードは、横長のA4サイズの紙を束ねた手作りのもの。表紙は、『十二月の歌』という文字と線のイラストをコピーして、あとから色鉛筆で色を着けたもの。

ピアノは、本物のピアノではなくて古そうな木目柄の家具調の電子ピアノだった。ふたを開けると、シンプルなデザインで、うちの電子ピアノと同じような鍵盤と、ボリュームを調節するスライドと音色を変えるボタンが六つだけ。足下《あしもと》に、音を伸ばすときに使うペダルが一つついている。電子ピアノだったら調律がいらないから、古くても音が狂《くる》う心配はない。

「先ほどおやつの時間が終わって、みなさんゆったりと過ごされているところです」

電子ピアノから顔を上げて、改めて部屋の様子を見た。

学校の普通教室よりは広い。六人がけの広いテーブルが六つあって、入り口に事務机が二つ。テーブル席にいるお年寄りは二十人ぐらい。車椅子の人もいる。部屋の右側にもう一つ小さめの部屋があって、そこの椅子でスタッフの人になにかいいながら洗濯物《せんたくもの》のタオルをたたんでいるおばあさんがいた。

じろじろ見てはいけない気がして、すぐ歌詞カードに目を向けた。ページをめくるともくじがある。

『兎《うさぎ》と亀《かめ》』『赤《あか》い帽子《ぼうし》白《しろ》い帽子《ぼうし》』『鞠《まり》と殿《との》さま』『冬《ふゆ》の星座《せいざ》』『ペチカ』『ジングルベル』『赤《あか》いランプの終列車《しゅうれっしゃ》』『秋田《あきた》おばこ』『港《みなと》が見《み》える丘《おか》』『アラビヤの唄《うた》』

一列に並んだ曲名をざっとみると、『ジングルベル』はすぐにわかる。『兎と亀』は「もしもしかめよ」という童謡《どうよう》のことだろう。それ以外はどんな曲かわからない。

焦《あせ》りながらもくじをめくると、『兎と亀』の歌詞が大きめの手書きの文字で書いてあった。ページをめくっていったけれど、楽譜はない。ほかの歌は、歌詞を読んでもまったくメロディーが浮かんでこなかった。たぶんどれも昔の曲なんだろう。

伴奏するにも、楽譜がないと……。

関根さんが利用者さんのいるほうに、大きめの声でいった。

「三時半になりましたね。それでは歌の時間を始めたいと思います。みなさん、きょうは見学の女の子がいます。お名前は？」

「本田亜美です」

「何年生ですか？」

うわあ、こっそり見るつもりだったのに、インタビューされちゃった。

「中学二年です」

別のスタッフの人たちが、お年寄りたちに歌詞カードを配っていく。

「それでは、『兎と亀』からいきましょう。手拍子《てびょうし》をしますね。はい、はい、どう、ぞ」

女性スタッフと数人のお年寄りが、バラバラの声でもそもそと歌い出した。

歌といえば歌に違いない。でも、これに伴奏って必要なの？

自分のイメージしていた「歌の時間」と、かなり違っていた。

『兎と亀』が終わって、次は『赤い帽子白い帽子』だ。歌い出す前、歌のリーダーの関根さんがくるっとこちらを向いた。

「本田亜美さん、伴奏ができそうなものがあったら、遠慮しないでどうぞつけてくださいね」

「はあ……」

そういわれても、わからないからぼうっと突っ立っているしかない。

三曲目の『鞠と殿さま』になるときも、同じようにいわれた。ボランティアじゃなくて、見学だっていったのに。

「すみません、曲がわからないんです」

「あら、お若いからねえ。うちの職員の若い子も聴いたことがないっていう人がいるんですよ」

「どうしたのよ、関根さん！」

テーブル席に着かずに隣の部屋で洗濯物をたたんでいたおばあさんが、大きなキンキン声でいった。こちらのことなんてまったく気にしてないように見えたのに、聞こえていたのか。

関根さんは、ゆっくり、はっきりとその人に説明した。

「本田亜美さんはね、中学二年生だから、昔の歌を知らないんですって」

「そりゃそうだ！　はっ！」

おばあさんの反応に度肝《どぎも》を抜かれた。なんか怖い。お年寄りって、おとなしい人ばかりじゃないんだ。

「し、知らなくてすみません」

思わず頭を下げると、別のスタッフのかたがわたしに優しくいった。

「聴いているうちに、だんだん覚えてきますよ。わたしもこちらでみなさんに教えていただいて、たくさん歌を覚えましたから」

簡単そうな、繰り返しの多い短い歌だから、覚えるのは難しくない。ただ、ピアノを習っていた自分は、曲をたくさん知っていると思っていたのに、知らない歌ばかりだったのが、思っていた以上にショックだ。お母さんの好きなユーミンとか、そういう懐《なつ》かしいポップスを歌っているのかと思っていた。それよりもっと昔の歌なんだ。

『冬の星座』と『ペチカ』は、メロディーラインがきれいで、テレビかなにかで聴いたことがあるかもしれない。知らない曲でも、楽譜があれば弾けると思う。メロディー譜くらいあれば、初見でもすぐ弾けたかもしれないのに。これだと、自分がなんにもできない人みたい。

「では、『ジングルベル』いきますよ。『ジングルベル』は、本田亜美さんは知っていますか？」

「あ、はい、クリスマスに歌います」

「みなさん、『ジングルベル』は、本田亜美さんも知っていますって。よかったですね」

「そりゃそうだ！　はっ！」

洗濯物たたみおばあさんが絶妙《ぜつみょう》なタイミングでいった。

「本田亜美さんもいっしょに歌いましょう」

「あの、『ジングルベル』はわかるので、伴奏を弾いてみます」

以前、ピアノ教室のクリスマス会の合奏で、伴奏を弾いたことがある。暗譜していたから、なんとかなりそう。子どもで昔の歌を知らないからって、役立たずだと思われたくない。

「みなさん、次はピアノの伴奏がつきますよ！　元気な声で歌いましょう！」

ゆっくりめに四小節分の前奏をつけて、関根さんに目で合図。

関根さんが手拍子をつけて歌い出すと、ほかのお年寄りの声もついてきた。電子ピアノの音につられてか、さっきまでよりみんな大きい声を出している。歌声はバラバラだけど、歌ってくれた。

曲が終わると、フロアにいた人がみんな拍手《はくしゅ》をしてくれた。照れくさいというより、恥ずかしい。小学生でも弾けるようなとても単純な伴奏なのに。途中で少し間違えたのに。

ここの電子ピアノの鍵盤は、重さがないわりに深く沈んでカタカタいうので弾きにくかった。

「わー、素敵。伴奏があると、気分が乗ってきますねえ」

「そりゃそうだ！　はっ！」

「では調子が出てきたところで次のページにいきますよ。春日八郎《かすがはちろう》さんのデビュー曲『赤いランプの終列車』は、昭和二十七年の歌謡曲だそうですね、みなさん」

昭和二十七年！

そんな昔の歌を、お年寄りはよく覚えてるなあ。

二十

歌の時間が終わるとすぐに利用者さんたちの帰り支度が始まった。

スタッフさんも一斉《いっせい》に動き出して、とたんに慌ただしくなった。送迎車を取りにいったり、送迎の順番を無視して帰ろうとするおじいさんを引き留めたり、つえの忘れ物がないか確認したり、車椅子を押したり。早帰りと遅帰りの人がいるようなのに、みんな一斉に帰り支度をして待っている。スタッフのほうがせかされて、逆に怒られたりしている。高齢者の人って、なにごとにも動じずゆっくり構えているのだろうと思っていたけど、意外と時間を先取りしてきっちり行動するみたい。

スタッフはみんな忙しく、ボランティアのことを相談する雰囲気《ふんいき》でもなかったので、邪魔《じゃま》にならないように、いったん部屋の外に出ることにした。

廊下の隅《すみ》のソファーに座って、第一波の送迎チームを見送った。そういえば、車椅子の利用者さんにも、大きな声で歌っている人がいた。元気そうに動くのに、歌おうとしない人もいた。好きな歌だけ歌って、あとは不機嫌に口をへの字に閉じている人もいた。子どもだったら、どうしてみんなと同じにしないのって叱られるのに、デイサービスのお年寄りは自由そう。そのごちゃごちゃした感じ、わたしは嫌いではない。

廊下から人の気配が消えたころ、ダンッダンッと元気に階段を上がる足音がした。

「ちわー」

という言葉を受付の人に投げかけて廊下をこちらに向かってきたのは、制服姿のポーラさんだ。しゃべらなければごくふつうの、どちらかというとまじめそうな高校生に見える。

「あ、ホン・アミも来てたん？　歌の時間、見た？　どうだった？」

「えっと、思っていたより知らない歌が多くて……」

「軍歌とか？」

そんな言葉が出るとは思ってなかった。

「軍歌はなかったと思いますけど……」

といったものの、軍歌がどういうものかわからない。昔、日本が戦争をしていたころに歌なんかあったんだろうか。

「童謡とか民謡とか演歌みたいのとかだと思います」

預かったままだった歌詞の冊子のもくじを開き、横に座ったポーラさんに見せた。

「ああ、なるほどね。意外と歌謡曲もあるね」

「わかるんですか？」

「タイトルがそれっぽいってこと。モシカメとジングル以外、あたしも全滅《ぜんめつ》だな」

高校生のポーラさんにもわからないなら、わたしにもわかるはずはない。せっかく勇気を出して見学に来たのに、これでは無理。

「『アラビヤの唄』ってどんなんだろ。どれ、見てみっか」

ポーラさんはスマホを取り出すと、動画のアプリを開いて、検索をした。三十秒もかからずにレトロなメロディーの曲が流れ始める。

「これで合ってる？」

「この曲でした。本当はこんなに軽快な曲だったんですね」

そうか、知らない曲はそうやってインターネットで調べればいいんだ。

「ホン・アミは耳コピ得意？　楽譜なしで耳で覚えて弾けるかってこと」

「テレビで聴いた曲を遊びであてずっぽうに弾くことはありますけど、メロディーは取れても伴奏があやふやなことが多いです。ふつうの歌はクラシック曲のピアノとはずいぶん違うので、楽譜がないと自信がないです」

「楽譜か。うん、ちょっと見てこよう」

ポーラさんが立ち上がり、わたしについておいでというような仕草をした。階段を下りてポーラさんが向かったのは、一階の図書館だった。

「たしかこの辺が音楽の棚だった。ほんのちょっとだけ楽譜があるの、見たことがあるんだ」

『思《おも》い出《で》の昭和《しょうわ》歌謡《かよう》』という本の背表紙が目にとまった。棚から取って開いてみた。

「歌詞とメロディー譜が書いてある。これですか？」

図書館にも楽譜があるって、知らなかった。楽譜といってもクラシックピアノの教本とは全然違うけど。

「そういうやつ、手がかりにすればなんとかなりそう?」

「メロディーだけだとちょっと心配……ピアノ伴奏譜はないのかな」

「ギターのコードはわかる?」

といってポーラさんは『心《こころ》のうた日本抒情歌《にほんじょじょうか》 コードつき』という本を開いた。

「ほかの楽器でも共通だと思うけど、こういうの、コードっていうんだ。たとえば、このGと書いてあるのは、ソシレって和音を表す記号」

「あ、なんか見たことはあります。ピアノの教本には載ってないけど、先生の持っていた『ディズニー曲集《きょくしゅう》』には書いてあった気がする」

「このDに7がついてるのはディーセブンって読んで、レとファのシャープと……なんだっけ、まあそんな感じの記号で、ギターの場合、この記号の音を、ジャカジャカやったりアルペイジオでポロポロ弾いたりする」

「へー」

「ドがCで、レがDで、ミがEって。ラの音がAって覚えるとわかりやすい。ピアノやってるならハ長調とかへ長調とかわかるよね。ラの音がイロハニホヘトのイで、Aってこと」

「そういうの、ピアノの先生からちょっと聞いたことがあります。小さいころ音楽ドリルの宿題でやったと思います」

「じゃあ、すぐに覚えられるんじゃない？　ホン・アミ、楽勝じゃん」

「そうですかね……」

そんなふうにいわれたら、できそうな気がしてしまう。

「じゃあ、話をつけてこよう」

本を棚にもどし、ポーラさんのあとをついていく。

図書館を出て、二階に上がって青い引き戸を開けて入ると、スタッフの関根さんが入ってすぐの事務机に残っていた。

「歌の時間」は音楽を極《きわ》めるとか、歌がうまくなるために練習するというのではなく、お年寄りの口や喉や体の機能がいま以上衰《おとろ》えないように、とにかく声を出して、口を動かしたり、手を叩いたりしてみましょうということ。思い出の歌を歌うことで、脳の活性化も期待しているそうだ。それから、もちろん娯楽《ごらく》を兼《か》ねた時間でもあるそうだ。

ポーラさんが関根さんと話すのを横で聞いているうちに、わたしの話も決まっていった。水曜日の放課後の、学校の用事がないときに無理のない範囲でボランティアをする、ということ。ポーラさんのほうは、曜日を決めるのでなく来れそうなそのときどきに連絡をするという取り決めになった。

毎週来れなくてもいいし、月に一回でも来ていただけるのなら大歓迎です、といってもらえたので、少し気持ちが楽になった。

学校では目立たない中学生のわたしが、地域の施設で伴奏ボランティアをするってわかったら、みんなはどんなふうに思うだろう。顧問の先生だって、もうなにもいえないはずだ。まだボランティアは始まっていないのに、晴れやかな気持ちになってしまった。

自分にこんな行動ができたのは、ポーラさんがいたからだ。

「あの【ポーラC】さんの動画を見ました。友だちにも見てもらったんです。なんか、うまくいえないけど、すごいよねって」

「へたすぎて驚いた？」

「そうじゃなくて、なんっていうか、うまいとかそういうんじゃなくて、これがやりたいんだっていう【ポーラC】さんのパワーをもらったようで、元気が出ました！」

「ん、なにより」

ポーラさんはあっさりとそういうと、「じゃね」と手を軽く上げて道を東に帰っていった。

なんか、すごい。うしろ姿が、なんか、かっこいい。

高校生になったら、自分もあんなふうになれるんだろうか。

二十一

翌朝、わたしはいつもより時計を気にして準備をし、環奈ちゃんより先にマンションのエントランスに到着《とうちゃく》した。

階段をぐるぐる駆け下りた最後のところでいつものように受けとめてくれる人がいなかったから、なんとよろけてこけて床《ゆか》を一回転してしまった。久しぶりに盛大《せいだい》にすっ転んだ。でも転がったせいで擦《す》り傷《きず》はない。猛烈《もうれつ》に恥ずかしいけど、運良くだれもいなかった。無観客一人芝居《ひとりしばい》でよかった。

落とした鞄を拾って制服のヨレを確認しているところに、エレベーターが下りてきて、環奈ちゃんが出てきた。環奈ちゃんの身だしなみはきょうも完璧《かんぺき》。

「お、おはよう」

「なんで先にいるの」

「えっと、いつも待たせてるのはいけないと思って」

「わたしが遅れてきたみたいじゃない」

「遅れてないよ。待ち合わせよりまだ二分早いし」

エントランスの時計が証人だ。

「手袋は？　手袋するって決めたよね？」

「あ、すっかり忘れてた」

取りにもどるにしても、去年の手袋をどこにしまってあるのかわからない。お母さんが捨てたかもしれない。

「ごめん。お母さんに話してなくて、買ってないかもしれない。きょう帰ったら、百均で買ってくる」

「あ、そ。亜美ちゃんは時間がたくさんあるものね」

環奈ちゃんはほっそりした大人っぽい手袋をはめ、先に歩き始めた。急ぐ必要はないのに、早歩きだ。

「きょうはいっしょに帰れる？　きのうもおとといも環奈ちゃんといっしょに帰りたかったんだけど、別になっちゃったから約束しておこう」

「部活辞めたいって、男子といちゃつきたいから？」

環奈ちゃんが冷たい目をしていった。

う、それって、水野くんのことだよね。手を引っ張られていくところ、やっぱ見られてたんだ。

「わたしは毎日ピアノが忙しいのに、ひまな人は楽しそうでいいね」

「そんなにひまなわけじゃないけど……わたしも毎日ピアノの練習をしているし」

「教室辞めたのに、なんの練習があるっていうの。遊びで弾くのは練習とは違うよ」

「うん。ごめん……」

環奈ちゃんの気迫《きはく》に負けてしまった。ボランティアのこと、話そうと思っていたんだけど、きょうはやめとこう。

「環奈ちゃん、このごろいつもイライラしてるね」

「してないよ。っていうか、亜美ちゃんを見てると、なんかイライラするんだよ。もういっしょに登校するの、やめようか。子どもじゃないんだから、いっしょに学校に行かなくても一人で行けるよね？　あと、名前にちゃん付けするの、もうやめない？」

次々と、すごい。うちのお父さんとお母さんがいいあいになるときもこんな感じだ。

「環奈ちゃんがそうしたいなら、わたしはかまわないよ」

「あ、そう！　じゃああしたから別々ね。わたし忙しいから待たずに済んでよかった」

「うん、ごめん。これまでいつもありがとう」

この「ありがとう」は、わたしから自然に出てきた言葉だ。

「環奈ちゃんといままでずっといっしょに登校できて、楽しかった。環奈ちゃんといっしょだから通学路の坂もつらくなかったよ」

「なにいってんの。いい子ぶって。ありがとうなんて思ってないくせに、キモい」

「思ってるよ。でも、ごめん、キモいこといって」

「ちょっとくらい怒りなよ。なんでいつも謝るの？」

「あ、ごめん。怒りたくないんだよ。環奈ちゃんのいうことって、全部そのとおりだなって思うから」

「キモっ！」

「環奈ちゃんのことずっと好きで、環奈ちゃんみたいになりたいなってずっと憧《あこが》れてたから」

「キモっ！」

「環奈ちゃんみたいに自分の気持ちを人にはっきりいえて、『キモっ！』て失礼なことをだれかにいうなんて、わたしにはできないもの。そういうのってすごいと思う」

「わたしを馬鹿《ばか》にしてるの？」

「え、なんで？　してないよ」

「もういいよ。わたしがイライラしてて悪いってことでしょ！」

「悪いなんていってないのに。ただ、イライラするほど疲れているのかなって心配なんだよ」

「疲れてなんかない！　疲れてないったら、ない！」

「環奈ちゃんは頑張《がんば》り屋《や》さんだから、疲れているって思われたくないんだよね。昔からそうだった。わたしだったらすぐ休みたいって思っちゃうから、やっぱり環奈ちゃんはすごいと思う」

「すごくないよ。すごくなんかない。わたしなんて、全然だめだもん」

「環奈ちゃんが全然だめだったら、わたしはどうなるの」

「どうなるって、亜美とわたしははじめから全然デキが違うもの、比べたってしょうがないでしょ！」

それはそうだけど……。なんだか笑ってしまった。

環奈ちゃんがわたしのことをどう思っていたのか、よくわかる。わたしは環奈ちゃんのライバルでもなんでもないのだ。張り合う必要がなかったから、わたしたちはいっしょにいられたのだろう。

環奈ちゃんと同じピアニストの手にならなくていい。

わたしが環奈ちゃんとは違うってことは、ずっと前からわかっていた。

環奈ちゃんに憧れすぎて、環奈ちゃんになりたいと思っていたけど、わたしにはわたしの手があればいい。

だからって、悔しい気持ちが全然ないってことではないよ。

荷物を持つ手を替えて、空いたほうの手のひらをなんとなく、太鼓橋の上の空にぐいっと上げた。

――優しい手におなりなさい。

「『手《て》のひらを太陽《たいよう》に』って歌、あったよねえ……」

「ちょっと、やめてよ。こんなところで歌ったりしないでよね」

「ふふふ。頭の中で歌ってこうっと」

第二章　やりたいこと、やれないこと

一

教室に入ってすぐの「おはよう」のあいさつのあと、水野《みずの》くんはまっすぐわたしのほうに歩いて寄ってきた。

「見せたいものがあるんだけど、昼休み、いい？」

「あ、昼休みは……」

わたしはちらっと環奈《かんな》ちゃんのほうを見てしまった。男子といちゃついてるって思われたくない。環奈ちゃんは宇都見《うつみ》さんと話していて、いまはこっちを見てない。よかった。

「予定があった？」

「図書室に、歌の楽譜《がくふ》があるかさがしてみたくて」

「歌の楽譜？　だったら上山《かみやま》先生に相談してみたら。合唱部の顧問《こもん》だから」

「あ、そうか！　音楽の先生だったら、いろんな楽譜を持っているかも。聞いてみる。ありがとう。えっと、水野くんの用事は、別のときでも大丈夫《だいじょうぶ》？」

「いいよ。スケッチブックを持ってきたんだ。いっしょに帰れる？」

また環奈ちゃんの姿を確かめてしまった。まだこっちを見てない。

「えっと……うん。じゃ、放課後ね。忘れて帰らないでね」

水野くんは口元をにやりとさせた。そして真剣《しんけん》な顔になる。優《やさ》しかった表情が、急にきゅっとしまってかっこよくなる。

「もう忘れないよ、本田《ほんだ》さんと約束したことは絶対に」

重要なことを伝えるように、目を見てはっきりといわれた。な、なんかドキッとしてしまった。

「そういえば水野くんて、部活は？」

「美術部だった。剣道《けんどう》の稽古《けいこ》が昔から通っている道場であるんで、学校では運動はいいかなって。だけど美術部の部員が一人になってしまったから、いまはまとめて科学美術ボランティア部」

初耳。

「そういう部活、あったんだ？」

「強引《ごういん》にまとめたの、丸わかりだよね。月に二、三度報告する以外は部員の自主的な活動に任せるってことで、学校の部活動紹介《ぶかつどうしょうかい》には出てないし。科美ボ部の顧問も、合唱部の上山先生なんだ」

運動部に比べると、ゆるいなあ。

「わたしもそこに入ろうかな。ちょうどボランティアを始めることにしたし、ソフトテニス部には退部届を出しているし」

「意外。本田さんて、ソフトテニス部だったの？」

「どうして？　何部だと思ったの？」

「変ないい方だったかな。あんまりだれが何部かって気にしたことなくて。本田さんは本田さんだと思っていたから、ソフトテニスもするのかって、意外に思っただけだよ」

「そう。わたし、ピアノも弾《ひ》くけど、それも意外？」

「それは、全然意外じゃない。すごく、そんな感じがしてた」

水野くんにいわれたら、かあっと頬《ほお》が熱くなった。ピアノのうまい環奈ちゃんのうしろにいつも隠《かく》れていたけれど、ずっとわたしは「ピアノが弾ける女の子」に見られたいと思っていた。水野くんの目にはそう見えていた？　嬉《うれ》しいような、恥《は》ずかしいような……、わたしのこと、水野くんはわかってくれているのかもしれないって、期待してしまう。

「おーい水野、ちょっと来て」

男子に呼ばれて、水野くんとの話は終わった。

水野くんって、剣道の道場に通っているのか。意外だけど、意外じゃない。それで、姿勢が良くて、実際の身長のわりにすらっと長身に見えるんだ。

きょうも水野くんとしゃべってしまった。ふふっ、わたしのこと、ピアノを弾く感じに見えるって……。

もしかして、水野くんて、前世は王子様かなにかですか？

顔がにやけそうだったから、指で自分の頬の皮をつまんでにゅーっと広げてみた。

そのままの格好で環奈ちゃんがいたほうを見たら、宇都見さんと話が終わった環奈ちゃんがこっちに気づいて、わたしにべーっと舌を出した。

わたしに変顔対決を挑《いど》まれたと思ったみたいだ。お返しに、にやけたブー顔をお見舞《みま》いしてやった。

二

合唱部の顧問の上山先生は、若白髪《わかしらが》を染めずにそのまま長い三つ編みにしたグレーヘアーの女の先生だ。本人の話では『赤毛《あかげ》のアン』のイメージだってことだけど、実際はスタジオジブリのアニメに出てきそうなふくよかなおばちゃんみたい。

わたしは見慣れているから違和感《いわかん》ないけど、うちのお母さんは以前、「すっぴん、白髪、お下《さ》げ髪《がみ》の中年女なんて一般企業《いっぱんきぎょう》の職場だったらありえない！」って、わたしにぶつぶついっていたことがある。わたしには、なんでそんなにお母さんが怒《おこ》るのかわからなかった。お母さんはいつもだいたいだれかのことを怒っているけれど。

お年寄りが歌う昔の歌のピアノ伴奏《ばんそう》の楽譜をさがしている、と相談すると、上山先生は次の日に、伴奏の本を持ってきてくれた。

お昼休みに音楽準備室に来るように、と朝のうちに水野くんが先生の伝言をもらってきた。水野くんは、金曜日に科美ボ部の美術班の活動報告を上山先生にしているんだって。

ついでだからといって、水野くんはわたしについてきた。

「ずいぶん前に買ったのだけど、もうほとんど使ってないから貸してあげるわ」

上山先生が持っていたその本の表紙には『ピアノ伴奏《ばんそう》　文部省唱歌全集』と書かれていた。

あやべ？　ぶんぶ？　しょうしょう、うたぜんしゅう？

「これはどう読むんですか？」

「もんぶしょう、しょうか。いまは文部科学省《もんぶかがくしょう》っていう国の省庁ね」

「国の？　国が作った歌なんですか」

そんなすごい歌の楽譜じゃなくていいのに。デイサービスの利用者さん、わかるのかな。

思わず水野くんのほうに振《ふ》り返《かえ》ってしまった。わたしが上山先生と話をするあいだ、水野くんはずっとノートにシャーペンでなにかの線を描《か》いていた。いっしょに来てくれたけど、わたしの助けをしに来たわけではないんだ。

「びっくりしなくていいのよ。おおざっぱにいうと、文部省唱歌は昔の音楽の教科書に載《の》っていた歌ってこと。だから年配のかたほどよく知っているわ。たとえば、いまのみんなの教科書にも載っている『荒城《こうじょう》の月《つき》』もそうよ」

『荒城の月』ならつい先月の授業で歌った。好きな歌ではないけど。

「いまみんなが当たり前の音楽だと思っているドレミの音階やドミソのハーモニーの音楽は、昔から日本にあったわけじゃないの。江戸《えど》時代の日本には音楽という言葉はなかったですからね」

「なかったんですか？」

上山先生の話にまた驚《おどろ》いた。でもちょっと考えてみたら、ピアノだって外国で生まれた楽器だ。日本にあったのは、笛とか箏《こと》とか三味線《しゃみせん》とか。

「昔はね、世界のそれぞれの暮らしの中に、歌や芸能があったのよ。日本にも日本固有の音階がいくつかあって、地域の特徴《とくちょう》もあった。いま、みんなが当たり前で世界共通だと思っている西洋からきた音楽とは、仕組みも考え方も違《ちが》っていたの。それで、江戸時代が終わって、明治の近代国家に変わるとき、西洋の文化や音楽がわからないと日本が対等に扱《あつか》われないって考えたから、当時の国際社会に追いつくように西洋式の音楽を学校教育に取り入れたのね。でもそれは音楽だけでなく、標準になる言葉や声の出し方を身に付けさせる練習でもあったのよ。それまでは地域や階層が違うと話が通じないくらい使う言葉が違っていたし、方言がその土地の正しい言葉で、共通語なんてなかったからね」

歌の楽譜のことから江戸時代や明治時代が出てくるなんて、まるで社会科の先生みたい。

「それから軍隊ね。それ以前にキリスト教の宣教師からもたらされた音楽もあったけれど、日本に本格的に西洋音楽が入ってきたのは、軍楽隊がきっかけなのよ。集団行動を取る軍隊には、ラッパや太鼓がつきものでしょう。進めや止まれの合図や起床《きしょう》のラッパ。それに式典の音楽とかね。明治政府が音楽教育を進めることを決めて、文部省に音楽取調掛《おんがくとりしらべがかり》というのができた。それがまあ、いろいろあって、現在は東京藝術大学《とうきょうげいじゅつだいがく》音楽学部になっているのね」

「はあ……」

まさか軍隊や藝大まで出てくるとは。

こうしてしゃべってみると、お下げすっぴんの上山先生は、お母さんが怒っていたほどだらしない先生ではないようだ。

「はじめは外国の曲に日本語の歌詞をつけたものを歌わせていたんだけど、そのうち輸入した曲でなく日本人の作曲家が作りましょうって方針になったの。つまり明治時代の偉《えら》い人が、西洋の音楽教育に追いついて、外国に負けないよう、日本人の作詞作曲の西洋音楽で、一斉《いっせい》に進め、休めができる統率《とうそつ》のとれた子どもを教育しようって考えたのね。明治の終わりのころから大正、昭和の戦争のころまで、学校の教科書に載っていた歌が文部省唱歌といわれてるの」

戦争に関係のあるそんな怖《こわ》い曲を、本当に子どもが歌っていたのかな。

おそるおそる本を開いてみると、『春《はる》が来《き》た』とか『富士《ふじ》の山《やま》』とかが載っている。なんだ、わたしも知っているふつうの歌だった。もちろん『兎《うさぎ》と亀《かめ》』も。こういうのは、もっと大昔から日本で伝わってきた歌なんだと思っていた。へぇ、違ったんだ。

環奈ちゃんがピアノで弾くような難しい曲は、ショパンとかリストとか名前を気にするけれど、それ以外ではいつだれが作ったかなんて、考えたことがなかったな。

「戦争のころって、すごく昔のような気がするんですけど……」

わたしがいいよどむと、水野くんがいった。

「終戦は一九四五年。まだ百年も経《た》ってない」

あ、話を聞いてたのか。水野くんは歴史が得意なのかな。

一九四五年というと、デイサービスの利用者さんも、戦争のころに生まれていたり、子どもだったりしたのかな。平成生まれで二十一世紀生まれの自分と違いすぎて、ちょっと気が遠くなる。

いまのお年寄りの姿しか見てないから、全然イメージできない。

ポーラさんがいったように、軍歌とかを歌っていた人もいたのかな。みんないまはふつうに、おじいちゃんとおばあちゃんなのに。

「昔って、いろいろあったんですね」

「いまだって、教科書は国の検定が必要なのよ。学習指導要領っていうのがあって、共通教材の中から選んだ曲を教えましょうって決まりがあるし」

知らなかった。

「わたしたちがいま学校で歌っている曲も全部、国で決まっているんですか？」

「全部ではないですね。学習の目標に適《かな》っていれば教科書以外の曲を授業で歌うこともあるでしょう。最近は人気のある曲が合唱曲に編曲されることもよくあるから」

そうなんだ。話を聞きながら、上山先生はいい先生だなと思う。生徒が聞いたことに、答えてくれる。わかるように説明してくれる。そういう先生って、なかなかいない。

勇気を出して、この流れで話してみよう。

「あの、お年寄りの施設《しせつ》で歌の伴奏のボランティアをすることになったんです。それで、水野くんから聞いたのですが、わたしも科学美術ボランティア部に入ってもいいでしょうか。ソフトテニス部には退部届を出しているんですけど、理由がないと認めないって田玉《たたま》先生にいわれてしまって……」

「だったら、もう一度ちゃんと田玉先生に伝えてみなさい。OK《オーケー》が出てからなら科美ボ部に歓迎《かんげい》するわよ」

上山先生はにっこり笑ってくれた。優しくいってくれたけど、条件は厳しい。

田玉先生にいわなきゃだめかあ……。

わたしのがっかり顔を見ても、上山先生は表情を変えない。どんな先生でも先生は先生ということだ。

「で、水野玄《げん》さんのほうは、さっきからなにを描いているの?」

「レジデンス広告ふうの音楽準備室の素描《そびょう》」

上山先生にいわれて、水野くんはノートをこちらに見せてくれた。

狭《せま》いけれど遠近感のある準備室。その奥《おく》の棚《たな》の真ん中から巻き起こる春風が部屋中に広がってくような、ファンタジックな雰囲気《ふんいき》だ。二人の人物の服の裾《すそ》や髪が、風にふわりと揺《ゆ》れている。すごい浮遊感《ふゆうかん》。

「レジデンス広告っていうより、青春ファンタジー小説の表紙みたいよ？」

上山先生は率直な感想をいった。

「どうせならここに描くのはわたしより水野玄さんにして、本田亜美《あみ》さんと向き合っている絵にしたら？　そのほうが学園ロマンスっぽくて素敵《すてき》じゃない。二人にぴったり」

わ、先生、そんなこというんだ。

「じゃ、そうします」

わ、水野くんまで。

たぶん、いま、わたし一人が真っ赤な顔になっている。

三

毎週水曜日にボランティアをするとして、十二月の水曜はあと二回。

とりあえず、上山先生に借りた本のおかげで、十二月の歌の、『兎と亀』『赤《あか》い帽子《ぼうし》白《しろ》い帽子《ぼうし》』『ペチカ』の伴奏譜はゲット。楽譜を見たら、練習すればすぐに弾けそうな曲だった。

それから、『鞠《まり》と殿《との》さま』は、ネットの動画検索《どうがけんさく》をしたらピアノ伴奏の人の手を映した動画が出てきて、すぐにまねできたから楽譜がなくても大丈夫。『ジングルベル』はもう弾けるから、十二月の歌の半分に伴奏がつけられる。

水野くんが、『冬《ふゆ》の星座《せいざ》』の楽譜が載っている本を十日《とおか》が丘《おか》図書館で調べてくれて、今度の水曜にはまにあわないけど、他館から取り寄せることができると教えてくれた。

水野くん情報では、インターネット動画をさがすだけでなく、図書館のAV《エーブイ》資料のCD音源を探すという方法があるそうだ。ただ、Y市の区立図書館にはCDがなくて、県立図書館まで行かなければならない。それは電車代も時間もかかるから、いますぐというのは無理だ。

残りは『赤《あか》いランプの終列車《しゅうれっしゃ》』『秋田《あきた》おばこ』『港《みなと》が見《み》える丘《おか》』『アラビヤの唄《うた》』だけど……。

わたしは部屋のカレンダーを見ながら考えた。

これから残り四曲を耳で覚えて練習しようとしても、弾けるようになるころには十二月が終わるだろう。だったら、その四曲を覚えるのは諦《あきら》めて、いまから一月の歌の伴奏の準備を始めたほうがいいかもしれない。

三月までの歌のしおりをもらっているから、曲を調べて、冬休み中に楽譜さがしをして、順番に耳コピーをすればいい。昔のヒット曲なら、前に【ポーラC《シー》】さんが教えてくれたみたいに、昭和歌謡《しょうわかよう》のコード付きのメロディー譜が図書館にあるかもしれないから。

歌のしおりのもくじを広げて、上山先生に借りた本に入っている曲にまず付箋《ふせん》で印をつける。

それから、動画サイトを検索して、聴《き》いてみる。一月の歌のしおりの中で、知らない曲で練習が必要に思ったのは『ゴンドラの唄《うた》』『函館《はこだて》の女《ひと》』『アンコ椿《つばき》は恋《こい》の花《はな》』だ。どれも恋愛《れんあい》の歌で、しかも歌謡曲や演歌のようだった。

まさか中学生の自分が、演歌のピアノ伴奏をすることになるなんて。なんだかおかしい。はじめは古くさく感じたけど、繰《く》り返《かえ》して聴いているうちに違和感はなくなって、意外といい曲だなあと思えてくるから不思議。

二月の歌では『湯《ゆ》の町《まち》エレジー』『湯島《ゆしま》の白梅《しらうめ》』『星影《ほしかげ》のワルツ』が大変そう。三月は『北国《きたぐに》の春《はる》』。『上《うえ》を向《む》いて歩《ある》こう』は聴いたことがあるけど、弾いたことがない。それから『ドンパン節《ぶし》』とか『ドリフのズンドコ節《ぶし》』って、どんなのだろう？

とりあえず、まずは一月の曲だ。

こんなふうに先のことまで考えて、自分でなにかを計画したことはなかった。

二週間前の、ピアノ教室を辞《や》めさせられた自分とは、まるで別人みたい。

水野くんとラインをやりとりして、ピアノを弾くか、動画を見るかを繰り返しているうちに、あっというまに月曜日が来た。

水野くんのほうは、土日で音楽準備室の絵をカラーで完成させたそうだ。

早く見たい。

学校に行くのがこんなにわくわくしたのって、もしかしたら中学生になってはじめてかもしれない。

いつもの朝のように階段を下りていく。

遠心力で放り出されないようにしっかり手すりをつかんで、踊《おど》り場《ば》をぐるんぐるん回って一段飛ばしで下りていく。

でも、一階に着く前に、スピードを弛《ゆる》める。エントランスでよろけても、支えてくれる人はいないのだから。よし、到着《とうちゃく》。正常に着地しました。わたしは一人でも大丈夫。

四

エリーゼさんがいる！

火曜日の下校途中《げこうとちゅう》に、太鼓橋《たいこばし》の向こうから、ペンギンの歩みで坂を上ってくる姿が見えた。

荷物を持ってあげたほうがいいのかな。でもショッピングカートを引くことでバランスを取って歩いているようにも見える。わたしはいつものベンチまで来た道をもどって、買い物帰りの小さなかわいいおばあさんを待つことにした。

「こんにちは」

「あら～。こんにちは」

エリーゼさんはベンチのわたしの隣《となり》まで来ると、小さく「よーいしょ」といって腰《こし》を下ろした。

エリーゼさんの毛糸の帽子には、ビーズと緑のモールで作った小さなクリスマスのリースのブローチが一つ増えていた。

「帽子の、そのリースのブローチは、手作りですか？」

「これは、いただいたのよ。手芸の会に行っているご近所のかたに」

「かわいいです。いつものピアノとト音記号のブローチに合っていますね。クリスマスコンサートみたい」

「うふふ、いわれてみればそうねぇ」

エリーゼさんの優しい笑い声、素敵だな。おばあちゃんになってもかわいく笑える人にわたしもなりたいなぁ。

「あの、わたし、歌の伴奏のボランティアを正式にすることにしたんです。優しい手になりなさいっていってもらえたから、そうなろうと思って」

「あら～、そうなの」

「えっと、エリーゼさ……」

声に出してしまって、慌《あわ》てた。勝手にエリーゼさんと呼んでいるけど、わたしはこのおばあさんの本当の名前をまだ知らなかった。

「エリーゼ？　『エリーゼのために』が弾けるの？　素敵ね」

それは前に話した。

「はい。ボランティアに慣れたら、スタッフさんと利用者のみなさんに『エリーゼのために』を聴いてもらおうかなって思います。そうだ、よかったらいらっしゃいませんか？　水曜日がわたしの担当なんです。図書館の二階のデイサービスです」

「まあ、あなた、まだお若いのにデイサービスのかた？」

エリーゼさんの驚いた声に、笑ってしまった。なんで間違えるんだろう。

「違います。ただのボランティアです。歌の時間に伴奏をするんです。だから、よかったら遊びに来てください」

「……いやよ」

エリーゼさんから笑顔《えがお》が消えていた。ろうそくの炎《ほのお》を吹《ふ》き消《け》したように一瞬《いっしゅん》の出来事で、まだわたしだけが笑っている。

「あたしはまだそんなんじゃありませんから」

「えっと、あの……」

怒ってる。エリーゼさんを怒らせてしまった。エリーゼさんは、よーいしょっといつものような声を出さずに、口をへの字に固く結んだままベンチから腰を上げた。

「あの、ごめんなさい。わたし、ピアノを聴きに来てもらいたくて、すみません。なにか変なこといいましたか。すみません、あの……」

エリーゼさんはカートを引き寄せて、歩き始めてしまった。

あんなふうに急に機嫌《きげん》が変わって、顔つきまで豹変《ひょうへん》するなんて、自分でもまだ信じられない。怒ったペンギンに追いつくのは簡単だけど、そうしたところで口をきいてはくれないだろう。わたしだってこれ以上は、傷つきたくない。わけがわからなくて、ちょっと泣きそうになった。お礼をいいたくて、感謝の気持ちを伝えたくてエリーゼさんを誘《さそ》っただけなのに、あんなに怒ってしまうなんて……。

五

「元気なくない？」

朝一番に水野くんにいわれて、うろたえた。

「え、別に。ふつうだよ」

「既読《きどく》もつかなかったし」

「ごめん、なにか送ってくれたの？」

「おととい見てもらった音楽準備室のイラストが欲《ほ》しいっていうから、画像に撮《と》って送ったのに」

「あ、そうか。ありがとう。気づかなくてごめんね」

水野くんが土日に色鉛筆《いろえんぴつ》で仕上げたイラストは、オレンジの光と青紫色《あおむらさきいろ》の影《かげ》が印象的な、中学生男女の不思議な出会いの場面だった。人物のときめきが無重力の演出になって表れていて、見ているわたしまでふわっと浮《う》いていくような気持ちになった。

レジデンス広告ふうの建物のイラストもいいけれど、小説の一場面のような人物のイラストも水野くんはすごくうまかった。ノートやスケッチブックに描いただけでは、もったいないくらい。もっとみんなに見てもらったらいいのにって、話したんだった。インターネットにイラストの画像を載せてみたらいいのにって。

「きょう帰ったら見るね。あ、でも水曜だから……すぐは見れない」

「水曜だから緊張《きんちょう》して元気がないの？」

「そういうわけじゃないけど……いわれたら緊張してきた」

きょうは正式なボランティアの初日だ。

きのうエリーゼさんは怒ってしまったけど、すっかり機嫌を直して見に来てくれたらいいのになあ……。

「ほら、またその顔」

顔に出しているつもりはなかったのに、水野くんにいわれてしまった。

「あのね、せっかく仲良くなれたのに、その人が急に怒ってどこかに行ってしまうとしたら、悲しいよね。しかもなんで怒ったのかわからなくて、なにを謝《あやま》ったらいいのかわからなかったりすると……」

水野くんは斜《なな》め上《うえ》をちょっと見上げるようにして考えた。

それから指であごをこすって、少し照れた目をしてわたしにいった。

「いいや、ぼくはどこにも行かないと思うよ、本田さん」

えっ！　息が止まりそうになる。そんな目をして、どストレートな言葉を操《あやつ》って、わたしの心臓をぎゅっとつかむとは、なんという魔性《ましょう》の男子。水野くんのことをいったんじゃなかったんだけど、そう思ったんだ？

「だれかが自分と違う考えだったとしても、それはそうなんだって思うことにしている。もしなにかの理由でぼくたちの心が離《はな》れそうになることがあったとしたら、しっかり話し合うのがいいと思うんだ。もし怒ることがあったとしても、ぼくは黙《だま》ってどこかに行ったりしない」

「あの、えーと、そうですね。話し合うのは大事だと思う。な、悩《なや》みを聞いてくれて、ありがとう。そ、そういえば、用事があったんだ」

わたしはうそをついて廊下《ろうか》に出たあと、あわあわしながらお手洗いに駆《か》け込《こ》んだ。涙《なみだ》を見られてしまったら、きっとまた水野くんは誤解する。

ぼくはどこにも行かないと思うよ、本田さんって……、水野くんは本気で、わたしとずっといっしょにいてくれるつもりなんだ。そんなこと、これまでだれにも、親にも環奈ちゃんにもいわれたことはない。家族よりも親友よりも、水野くんはわたしのそばにいようとしてくれる。そう信じてもいいのかな。

きっかけは誤解だったとしても、水野くんの言葉が嬉しすぎて、あったかすぎて、泣いてしまった。こんなこと、うまく水野くんに説明できっこない。ほかのだれにも、知られたくない。

いやだな。もう水野くんのことを好きになる以外ないじゃない。

六

デイサービスには三時二十五分に到着した。青い扉《とびら》を開けて、すぐ近くにいたエプロンの女性に声をかける。

「あの、歌の伴奏のボランティアの本田です。よろしくお願いします」

「ああ、はい。お待ちくださいね。大崎《おおさき》さん、ボランティアのかたがお見えになりましたよ」

「どうもどうもこのたびはありがとうございます」

「いえいえトンデモございません」

細マッチョなケアマネージャーの大崎さんが中学生のわたしにぺこぺこ頭を下げてきたから、わたしも同じようにぺこぺこした。

「きょうの歌のリーダーの忍川《おしかわ》です。どのように進めましょうか?」

先週は関根《せきね》さんだったけれど、きょうは別の人だ。関根さんが小学校の先生っぽくハキハキしていたのとは対照的に、忍川さんは和菓子屋《わがしや》の女将《おかみ》さんのような雰囲気のほっそりした人だった。

「忍川さんの進行に合わせて、合図をしていただいたら、前奏を弾く感じかなと思っていたのですけど……ほかのボランティアさんはどうされていますか?」

「いろいろですね。では、こちらの主導で進めさせていただきますね。前奏は短め、間奏はなしで、メロディーがはっきりわかる伴奏をしていただけると歌いやすいと思います。きょうは途中で鈴《すず》を使ってみようと思うんです」

「あの、歌のしおりのうしろのほうの四曲は伴奏抜《ばんそうぬ》きでお願いします。はじめのほうは大丈夫です」

「承知しました」

電子ピアノのふたを開けて、伴奏のための準備をした。

楽譜を置いて、椅子《いす》に座《すわ》ると、だんだん緊張してきた。

利用者さんは、先週より少し多めで、六人がけのテーブルがほぼ埋《う》まっている感じだ。いつも同じ人が来ているわけではないのだろうか。

エリーゼさんは？　……あんなに怒っていたんだから、来るわけないか。

「はーい、歌の時間になりましたので始めます。スタッフさん、みなさんにしおりを配ってくださいね」

忍川さんは部屋の真ん中に立って、開始の声を発した。

「ではしおりの準備をしながら聞いてください。きょうはボランティアのかたがお見えです。お名前は？」

「本田亜美です。中学二年です。よろしくお願いします」

電子ピアノの椅子から立って頭を下げて、すぐに椅子に座る。

「なんだって？」

緑色のセーターのおじいさんが大声でいった。近くのスタッフさんが、わたしの代わりに伝えてくれた。耳が遠いようだった。おじいさんの緑色のセーターのデザインは、なにかに似ている。あ、うちにあるわさびふりかけのラベルと同じ色合いだ。

「きょうは、はじめに二ページ目の『赤い帽子白い帽子』を」

「はーあ、中学生か！」

忍川さんの声にかぶせるように、「わさび」さんが大声でいった。たぶん悪気はないんだろう。周りの人も、大声を注意することはしなかった。

「みなさん、『赤い帽子白い帽子』を開きましたか？　ではゆっくりめで前奏をどうぞ」

ゆっくりめを心がけながら、四小節の前奏を弾いて、頭を振って合図。

やった、みんなで歌ってくれた。忍川さんの手拍子《てびょうし》と口の動きを見ながら、わさびさんも大きな声で歌ってくれた。

「次は『鞠と殿さま』を歌います」

忍川さんから合図があったので前奏を始めた。すると、今度は女性の大きな声がした。

「あんた、この前も来た人ね？」

鍵盤《けんばん》から顔を上げると、電子ピアノの前におばあさんがいた。伴奏中のわたしに話しかけていたのだ。どうしよう。

忍川さんを見た。そのまま弾き続けて、というようにわたしにうなずいてくれた。

歌が始まると、おばあさんはどこかに行ってしまった。よかった。とにかくつっかえずに歌の最後まで弾いた。

「ねえ、あの人、この前も来た人でしょ？」

その人は今度は忍川さんに話しかけている。キンキン声で、思い出した。先週、「そりゃそうだ！　はっ！」を連発していた洗濯物《せんたくもの》たたみおばあさんだ。いっしょに歌ってなくても、ちゃんと覚えていてくれたんだ。

「深山《みやま》さん、歌の時間ですから、テーブル席に着きませんか」

「あたしはやることがあって忙《いそが》しいのよ。はっ！」

洗濯さんは隣の部屋の椅子のほうに行ってしまった。

歌が好きではないのかも。そういう人もいるんだろう。

でもいつか、わたしの伴奏で歌ってもらえたらいいな。

七

金曜の朝。

マンションの階段を駆《か》け下《お》りて、そのまま自動ドアに向かうはずだったのに、わたしの足は止まってしまった。

エントランスに環奈ちゃんがいたからだ。

環奈ちゃんはツンとした声でいった。

「おはよう。なにしてんの？　行くよ」

「あ、おはよう。いっしょに行っていいんだ？」

「どうせ同じところに行くんでしょ。早く着きすぎても寒いだけだから、待ってた」

「あ、そっか」

いっしょに登校するのをやめるって、環奈ちゃんがいったのは先週の木曜だ。

この一週間、おはようっていう相手がエントランスにいないのは、やっぱりどこか寂《さび》しかったよね。来週は、もう冬休み。けんかをしたつもりじゃないけど、これで仲直りってことかな。

「手袋《てぶくろ》はどうしたの」

「そういえば忘れてた」

「待ってるから取ってきなよ」

「まだ買ってない」

「なんなの。もー、亜美ってば、風邪《かぜ》ひいても知らないよ」

「いま亜美って呼んでくれた？」

「ちゃん付けしないっていったでしょ。恥ずかしいからいちいちいわないで」

環奈ちゃんが隣でツンツンすればするほど、ちょっと嬉しくなって体がぽかぽかしてきた。

「環奈ちゃんに呼ばれると、亜美ってすごくいい名前な気がする」

「だから、ちゃん付けしないでって」

「ごめん、環奈ちゃん」

「ほら、また」

「ごめーん」

ツンツンしてもどこかかわいい環奈ちゃんには、環奈ちゃんだという才能がある。

わたしにも、環奈ちゃんとは違う、本田亜美っていう才能がどこかに隠れていたらいいのに。

「来週Kピアノコンの予選会なんだ。あと、来年のYジュニアコンの地区大会に出るための、Web《ウェブ》審査《しんさ》用《よう》の動画も撮ろうって話になって、このところ毎日バッハ」

「バッハ苦手だったのに、どうして？」

「地区大会はバロック様式なんだって。地味で眠《ねむ》くなるからバッハ嫌《きら》い。色のない積み木を隙間《すきま》なくきっちり積んでるみたい。わーってなって派手な曲弾きまくろうとしたら弾きすぎると腱鞘《けんしょう》炎《えん》になるから禁止って。好きなことをするには、やりたくない練習もしなくちゃならないって親はいうけどさ、好きなことをしてるって気が全然しないんだよね」

環奈ちゃんのきれいな顔に、ニキビの痕《あと》があった。無理がお肌《はだ》に出たのかな。

「挑戦《ちょうせん》したいけど、実際は思っていたのと違うなあって。でもわたしは辞めないよ。亜美とは違うからすぐ辞めない」

最後のひとことは余計だね。

「うん、がんばって。わたしね、ピアノ教室を辞めた代わりに、歌の伴奏のボランティアを始めたの」

「なにそれ。合唱部かなにか？」

「お年寄りの歌なんだけど。図書館の上にあるデイサービスの」

「デイサービスって自分で動けない人がお世話してもらうところでしょう？　そんななにもできない人たちが歌えるの？」

「車椅子の人もいるけど、なにもできないわけではないよ。歌わない人もいるけど、とても歌がうまい人もいる。歌いたいところだけいっしょに歌ってくれる人もいるし、歌っている人を見て楽しそうな顔になる人も、動くほうの手で拍子を取ってくれる人もいる。みんなと同じように歌ってなくても、歌の時間を楽しみにしてくれている人がいるのがわかるよ」

「でも、みんなお年寄りで認知症《にんちしょう》か病気の人なんでしょう？　そんなことして楽しいの？」

認知症……そんなふうに考えたことはなかった。そうか、認知症の人もいたのか。

「楽しいよ。ピアノを弾いて、喜んでもらえるし、スタッフの人もいるし」

環奈ちゃんは疑っているようにわたしを見る。だからニコッと笑いかけた。

「ふうん。じゃあわたしもやってみようかな」

「環奈ちゃんが来たら、ピアノが上手すぎてみんなびっくりするかも」

「じゃあ、行ってあげてもいいよ。次はいつなの？」

わたしは次回の日時を教えた。

八

「ソフトテニス部を辞めて、科学美術ボランティア部に入ります」

わたしがそういうと、田玉先生は聞き返してきた。もう一度いう。

「そんな部活動はない」

「あります。科美ボ部の顧問は上山先生です。これからはボランティア活動に専念します」

「なんのボランティアをするんだ」

「近所のデイサービスの歌の時間のピアノ伴奏です」

「デイサービスで歌う？　そんな元気のある高齢者《こうれいしゃ》なら、遊んでないで働いてほしいもんだな」

わさびさんや洗濯さんがどこかのお店で働くところを想像してみた。大変そうかも。わさびさんは二十分の歌の時間はお元気そうに見えるけど耳も遠く、反応はゆっくりで、仕事をするほどの素早さはない。洗濯さんは、高齢のわりにちょこちょこ歩いたり動いたりはするけど、気まぐれでせわしない。たぶん、家でも生活をお手伝いする人が必要そうだ。

深く考えてなかったけれど、デイサービスに来ている人は、ひまで遊びに来ているわけでなくて、だれかの手伝いが必要だからなんだろう。

もしかして、それでエリーゼさんは怒ったんだろうか。デイサービスに来てといわれたことが、だれかの助けが必要だと思われたって感じたから……。

「そのボランティアは毎日なのか？」

「水曜日なら、学校のあとでまにあうので、もう行っているんです。やってみたら、すごく喜んでもらえています。ほかの曜日は下校の時間が遅《おそ》いので行けません。でもほかの日になにもしないのではなくて、昔の知らない歌が多いから、覚えるための練習が大変なんです」

「保護者はOKしたんだな？」

あ……、まだ話してないけど、許可済みってことにしておこう。

「もちろんです」

「それなら仕方があるまい。寄せ集まりの部活でも、帰宅部よりはましか」

「寄せ集まりって……。美術部の人から聞いたんですけど、先輩《せんぱい》が卒業して部員が減ってしまった部が、ことしも活動を続けられるように一つにしたんですよね？」

「負け犬同士が群れていても、なんにもならん」

田玉先生は機嫌が悪いのだろうか。ううん、前からそういうことをいいそうな先生だった。

わたしはぎゅっとこぶしを握《にぎ》りしめ、先生に頭を下げて職員室から出た。

いいたいことはあったけど、先生にいうほど心臓が強くない。正しいことをいうのと引《ひ》き換《か》えに嫌われる勇気もない。

怒っているのがばれないように、わざとしずしずと歩いて教室に向かった。

怒っているときに〝怒っているぞ〟って感情をむき出しにして外に向ける人が、わたしは嫌いなのだ。家でけんかをしているときのお父さんやお母さんのような大人に、わたしはなりたくない。あとでわたしに八つ当たりするお母さんのようにもなりたくない。だから、内側にとどめてがまんする。

でも、本当は、わーっと吐《は》き出《だ》したい。

負け犬？　わたしや水野くんや科美ボ部の生徒は、犬ではありません！　負けたわけでもありません！

生徒のやりたいことが、この学校ではたまたま少数派だっただけです！　そもそも、数で勝負なんてしてないし！

「どうしたの、本田さん？」

廊下で水野くんとばったり行きあってしまった。

「えっと、なんでもないよ」

「あるでしょ」

水野くんにうそはつけない。

「ちょっと、いやなことがあった。でも大丈夫」

「そうか。災難だったね」

そういわれたら、ほんの少し気持ちがおさまってきた。

「さっきソフトテニス部の田玉先生と話したの。わたしも無事に科美ボ部に入れるから、よろしくね」

ふと、思い出した。

「美術部って、去年、大勢でなにかしてなかった？」

「なにかって、あれのことかな。高架下《こうかした》の壁《かべ》に、高校の美術部と合同で大きな絵を描いた」

「そう、それ。ちゃんと活動している部活だったんだよね」

「ことしは筑見区《つくみく》の陽光台《ようこうだい》中学が陽光《ようこう》商店街の壁画《へきが》を制作してるらしいよ。新聞に載ってた」

「そうなんだ。すごいね」

「陽光台中学はいま美術部員が三十人もいるらしい」

「人気があるんだ。そういえばたぶん陽光台中学には、ソフトテニス部はなかったと思う。Y市北部地区の試合で見かけたことがないもの」

「美郷区《みさとく》と違ってあっちは街の中だから校庭が狭くて、テニスコートが作れないんだよ。あそこはバレーが強いよね。いとこがバレー部だったんだ」

「へえ。学校によっても部活の中身って違うんだね」

わたしは心の中で問いかけた。

もしもいま田玉先生が部員ゼロの陽光台中学のソフトテニス部の顧問だったら、田玉先生は負け犬の顧問ってことなんですか？　違いますよね？

偶然《ぐうぜん》自分が選んだことが多数派だったり少数派だったりすることは、正しいことでも、なにかに勝っていることでもないと思う。大勢と同じほうを選ばないのを負けって思うことは違うし、当然、少数派だから偉いってことでもない。多くても少なくても、自分の選んだ自分にとって譲《ゆず》れないと思うことを続けているほうが、負けてないし諦めないことだって思うんだ。水野くんや環奈ちゃんだって、そうしてる。

九

前に、ケアマネージャーの大崎さんからパンフレットをもらっていた。そのときにちゃんと見てなかったので、改めて開いて読んでみた。

『デイサービスのご案内（通所介護《つうしょかいご》・介護予防通所介護）

介護保険で要介護・要支援《しえん》の認定を受けられた高齢者のかたを対象に、健康チェック、入浴、食事、レクリエーション等のサービスを提供します。

その他、機能訓練やアクティビティプログラムなどをご利用いただけます。』

高齢者ならだれでも利用できるのではなくて、介護認定を受けている人が条件だった。お金もかかる。利用料金や自己負担額は要介護度で違っていた。

知らなかった。

介護認定ってどうやって受けるんだろう？　介護保険ってなんだろう？

お母さんに聞いたらわかるかな。ううん、自分で調べてみよう。演歌や昭和歌謡の楽譜を図書館でさがすついでに、少しずつ調べてみよう。

それで、次にエリーゼさんに会ったら、誤解だって伝えよう。介護が必要だなんて思っていないし、失礼なことをいうつもりではなかったって。

だけど……高齢のエリーゼさんだって、買い物がいつも大変そうだった。介護まではいかなくても、本当はだれかの手伝いが必要なときがあるんじゃないのかな。デイサービスをいやな場所のように思わないでほしいな。だれだって、年をとるのだし。わたしだって、お母さんだって……。そうだ、お母さんやお父さんが年をとったとき、わたしはどうなるんだろう。

それと、離れて住んでいてあまり会ったことのないおじいちゃんおばあちゃんたち。もしものとき、お母さんとお父さんはどうするつもりだろう。わたしはどうなるんだろう。お年寄りの面《めん》倒《どう》なんてみたことがない。つきっきりで看《み》てといわれたら、学校にも行けない。そうなったら、わたしにだって、手伝ってくれる人は必要だ。

夜になって、水野くんからラインが来た。

新しいイラストができあがったという報告だった。絵の画像も送ってくれた。

青白く光を放つクリスマスツリーの並木道。その奥には全面ガラス張りの水槽《すいそう》のようなシンプルな家。家の真ん中には暖炉《だんろ》の火があって、暖かなオレンジ色を放っている。家の絵だけど、ミニチュア家具を置いた水槽みたいに、空中をかわいい魚が泳いでいる。

すごいな。ファンタジーに磨《みが》きがかかっている。キャッチコピーのポエムもついている。

《最高のイブを過ごす家という発想――ミズノハウス》

そっか、もうすぐクリスマスなんだ。

水野くんのところには、いまもサンタクロースが来るのかなあ。

「亜美、さいきんタブレットを使いすぎじゃない？」

絵に見とれてぼんやりしていたら、お母さんにいわれてしまった。ここでお母さんの機嫌を損《そこ》ねて取り上げられたら困る。全身が一気に緊張する。

「調べたいことがいろいろあるのです」

「知らない人から優しくされても会いに行ったらだめよ？」

「はい。クラスの子に、とても絵の上手な子がいて、送ってくれたから見ていたところです」

「あら、どんな絵？」

水野くんの絵をタブレットの画面に出してお母さんに渡《わた》す。

「中学生にしてはうまいね。色もきれいだし」

お母さんが褒《ほ》めたので、わたしも嬉しくなった。大人が見てもいい絵なんだ。

「美術部の子なんです」

「それならうまいはずね。いい趣味《しゅみ》があっていいわね」

「趣味ですか。いまこれだけ描けたら、将来はすごい画家さんになれそうな気がしますけど？」

「絵描きとして成功する人間はほんのわずかよ。夢は持たないほうがいいと思うわ」

お母さんは冷蔵庫から出したイチゴを洗って、器《うつわ》に入れてテーブルに置いた。

お母さんが食べるようにあごで示すので一つつまんで、へたを取って口に入れた。すっぱい。イチゴの香《かお》りはするけれど、甘《あま》さよりも酸味が勝《まさ》っている。

わたしの顔を見て、お母さんはいった。

「すっぱかった？」

わたしは「はい」と返す。そしてとぎれた話を続けた。水野くんが成功しないって決めてかかっているのがいやだった。

「えっと、でもこの子、絵がうまいし、これからもっと絵の勉強をしたら、将来そういう道に進めるのではないですか」

「どこに住んでる子？」

「え？」

「ヒルタウンの子でしょ？　美大に行かせるのは難しいんじゃないかしらね」

ヒルタウンの子。そのいい方がいやな感じだ。わたしはヒルタウンの子じゃないけど、ずっと同じ学校に通って、同じ勉強をしてきた。大学なんてずっと先のことだもの、そんなのどうなるかお母さんにだってわからないはずでしょ。

「あの……じゃあ、わたしは駅近の子ですけど、もしわたしが美大に行きたくなったらどうですか？」

「なに寝《ね》ぼけたことといってんの。亜美が美大に行けるわけがないじゃない。なんの才能もないのに」

お母さんは口の中に入れたばかりのイチゴを見せて、あははと笑い出した。

笑うことない。夢や才能を否定することが前提なんだ？　どうやったら夢がかなうのか、いっしょに考えようとしてくれないんだ？

「なによ、亜美は本気でいってるの？」

「もしもの話をしただけです。美大に行きたいとは思ってないから、大丈夫です」

「ならよかった。前に環奈ちゃんのママから聞いた話では、美大は予備校とかにデッサンを習いに行かなくてはならなくて、入学しても絵の具や画材にお金がかかって、大変らしいのよ。運も良くなきゃ行けないし、人気に左右される商売だし、食べていけずに苦労するだけだわ。どんな親だってね、子どもには苦労をさせたくないでしょう？」

最後は、いいわけを付け足したようないい方だった。

「環奈ちゃんはピアノコンクールに挑戦するみたいだけど、お母さんはどう思っていますか？」

「お金があるならやればいいんじゃない？　いい記念になるじゃない。でもそれだけのことよ。ピアニストだなんて、とうてい無理よね。せいぜい学校の音楽の先生になれたらいいところ。でもお母さん、あの子に先生なんて務まるとは思えない。頭はいいかもしれないけれど、見るからに生意気じゃないの」


そんな失礼なこと、いっちゃうんだ？

お母さんがもしいまの中学生だったら、お母さんみたいな子は生きていけない。友だちなんて作れない。と、わたしは思ったよ。


環奈ちゃんのことも、水野くんのことも、わたしは絶対に応援しようって心に誓《ちか》った。

十

エリーゼさんに会えないまま、冬休みになった。

そして十二月最後のボランティアの日が来た。

デイサービスに行くと、扉の前で環奈ちゃんが待っていた。

「来てくれたんだ？」

「地区大会の予選の前に、人前で弾いておくのも大事だと思うから」

「そっか。えっとね、歌のための時間だから、長い曲はできないかもしれないけど」

「いいよ。ショパンの『小犬《こいぬ》のワルツ』くらいメジャーなのならお年寄りも知ってるよね」

環奈ちゃんが本当に来るとは思ってなかったから、スタッフの人に伝えてない。大丈夫かな。

「先に確認してくるね。待ってて」

青い引き戸を開けると、ケアマネの大崎さんがいた。

「ピアノがとってもうまい学校の友だちが、みなさんに一曲聴いてほしいって来ているんですけど、これからちょっと演奏してもらってもいいですか？」

「いま利用者さんは、おやつを食べ終わって静かに過ごしているところです。音楽鑑賞《おんがくかんしょう》の時間は午前中の別の時間に枠《わく》があって、月に何度か鑑賞会をしているのですよ」

「そうなんですか。あの、でも、すみません、いま、来てくれているんです。一曲だけでもいいので」

「まあ、いいでしょうかね。その前に、きょうの歌のリーダーさんに確認し……」

「あんた、この前も来た人ね！　はっ！」

いきなり横から洗濯さんが現れた。

「あ、はい。本田亜美です」

「あんた、この前も来た人だわ！　はぁーあ、あたし知ってるわ。この前も来た人！　はっ！　この前も！」

「あ、はい……」

迫力《はくりょく》にタジタジになっていると、洗濯さんはくるっと向きを変えてちょこちょこどこかへ行ってしまった。

「こんにちは！　噂《うわさ》の中学生ボランティアさん、はじめまして、本日の歌のリーダーの川松《かわまつ》です」

今度は小柄《こがら》で、卓球選手《たっきゅうせんしゅ》みたいな印象の女性スタッフ。関根さんや忍川さんよりもぐっと若い。

「こ、こんにちは。歌のリーダーさんて、たくさんいらっしゃるのですね」

「スタッフの変化をつけているんです。お友だちが来てるんですって？　若いかたとの交流は大歓迎《だいかんげい》です。ぜひ演奏してください。ただ、難しいピアノ曲は利用者さんはたぶん詳《くわ》しくないので、わからないかもしれません。それでも大丈夫かしらね」

「はい、もちろんです！」

廊下で待たされて、環奈ちゃんはじりじりしているはずだから、わたしは即答《そくとう》した。

ドアを開けて環奈ちゃんを招き入れる。

「一曲弾いていいって。そのピアノなんだけど……」

「えーっ、ピアノって、電子ピアノだったの？」

呆《あき》れた顔でいわれて、環奈ちゃんに楽器のことを話してなかったことに気がついた。コンクールに出る腕前《うでまえ》の環奈ちゃんにとって、ピアノというのはグランドピアノのことだ。

同じマンションに住んで、同じピアノ教室に通っていたのに、環奈ちゃんのうちにあるのはグランドピアノで、わたしのうちのは電子ピアノだった。

「ご、ごめん、いってなかったね」

「しょうがないか。まあいいよ。じゃ、一曲目はショパンの『小犬のワルツ』を弾きます」

一曲目って、一曲だけでいいんだけど……。

環奈ちゃんは姿勢を正すと、軽《かろ》やかに超高速《ちょうこうそく》で『小犬のワルツ』を弾き始めた。

みんながおしゃべりをやめて環奈ちゃんのほうに注目した。

でも、十秒もしないうちに、利用者さんはおしゃべりにもどってしまった。

「なんだかせわしない音楽だね」

「あんなの知らないわ」

え、知らないんだ？　環奈ちゃん、すごくピアノがうまいのに、利用者さんには全然わからないんだ？

「演奏を聴きましょうよ」

と、見かねたスタッフが声をかけても知らんぷり。

曲の半分にもいかないうちに、ピアノ演奏は完全に無視されてしまった。別のだれかの話で、大きな笑い声が起きた。

環奈ちゃんの顔がひきつっている。

リフレインを省略して、短いバージョンで『小犬のワルツ』を終わらせた。

わたしは小声で環奈ちゃんにいった。

「ありがとう。すっごく上手。でも、利用者さんは、『小犬のワルツ』を知らなかったみたい。弾いてくれたのに、ごめんね」

「曲を知らなくたって、うまいかへたかくらいはわかるでしょ？　わたしが弾いているのに聴かないなんてありえない。ちょっと待って、もう一曲弾いてみるから」

「あ、でも、もう歌の時間になるから……」

環奈ちゃんは声を張り上げた。

「みなさん、こんにちは。本田さんの同級生の黒沢《くろさわ》環奈です。いま弾いたのは、ショパンの『小犬のワルツ』というとても有名なピアノ曲です。次は、ドビュッシーの『アラベスク第《だい》一番《ばん》』を弾きます。聴いてください」

「あら、『アラビヤ』ならよく知ってるわ」

お菓子《かし》のルマンドのパッケージみたいな薄紫色《うすむらさきいろ》のショールを肩《かた》にかけている車椅子のおばあさんが拍手《はくしゅ》をしてくれた。あと追いで、スタッフからも拍手が起きた。

環奈ちゃんは、ちょっと気を良くして弾き始めた。

薄い絹のレースがふわりふわりと折り重なっていくような、美しい曲だ。わたしの大好きな曲。

でも、すぐに利用者さんはざわつき始めた。

「なに？『アラビヤの唄』じゃないの？」

「ドビュッシーの『アラベスク』ですってよ」

「はっはっは、ドブだってドブ」

「はやく『アラビヤの唄』を歌いましょうよぅ」

「あんなもにゃもにゃした音、好きじゃないわ」

なんてこった。みんなまったく聴いていない。がまんして最後まで聴くという気持ちもまったくないようだ。まさか、デイサービスのお年寄りが、ここまで気ままで自由とは。

わたしは環奈ちゃんが怒り出すのではないかと、ハラハラした。でも環奈ちゃんは最後までしっかり弾ききって、お行儀《ぎょうぎ》良《よ》く一礼をしてから部屋を出ていった。

「待って、ごめん」

「来ないで。亜美はこのあと伴奏するんでしょ！」

「ではー、みなさんお待ちかねの、歌の時間を始めますねー！」

歌のリーダーの声に、わたしの足は止まる。

「あんな人たちにクラシックがわかるわけないって。大丈夫だから、一人にして！」

環奈ちゃんは階段を駆け下りていった。

十一

わたしから送ったラインに環奈ちゃんの返事がなくて、次の日の午前中にもう一度『大丈夫？』と送ってみた。

『気にするわけないでしょ』

夜の九時をすぎて返事が来た。気にしているってことだ。でも、返事ができるくらいの元気はある。

『Kピアノコンの予選会まで、セン先生の練習室に毎日行くことになったの。コンサート用のピアノで、うちの防音室とは響《ひび》き方《かた》が違うから』

『がんばって。あさってだっけ？』

『そう。まあ、地区大会の前の予選だから、通ると思うけどね。ママのほうがピリピリしてる。いまから会えない？　下に来てよ』

『いま？』

『少し、亜美と話したい。冬休みになってからちゃんとしゃべってないし』

ついさっき、お母さんはお風呂《ふろ》に入ったところだ。お父さんはまだ帰らない。エントランスで会うくらいなら、たぶん外出するのとは違う。すぐにもどれば、わからないかも。念のため、メモを残していけばいいかな。

『少しだけなら。すぐ行くね』

『り』

了解《りょうかい》の「り」だ。すぐもどると走り書きしたメモを机に置いて、コートを着る。音を立てないように家を出て、静かにマンションの階段を下りていく。

わたしがエントランスに着くのとほとんど同時に、エレベーターのドアが開いた。

環奈ちゃんは部屋着のままだ。部屋着といっても、きれいめな裏起毛のフーディーのロングワンピース。似合っている。なにを着ても似合うんだから、もう。

「寒くない？」

「寒いに決まってるでしょ。風邪をひいたら、もしものときのいいわけができるから」

「環奈ちゃんが弱気？」

「ありがとう」

「えっ、どうして、ありがとうなの？」

「こんな時間に、急に会ってくれて。わたし、亜美にはまだ嫌われてないんだってわかってホッとした」

「嫌うわけがないよ。なにかあったの？」

環奈ちゃんはだんだんふてくされた顔になった。

「きょうね、ピアノに行くとき、駅でソフトテニス部の増田《ますだ》さんに会ったら、無視されたんだ。部活のラインを外されたのは、退部したからしょうがないけど。考えてみたら、終業式のときも、その前のときも、増田さんたちに無視されていたような気がしてた。だから、気のせいじゃなかったんだなって」

「なんでかな？　環奈ちゃん、増田さんとは仲良かったよね？」

「部活を辞めたから気に入らないんでしょ」

「それならわたしもそうだね」

「あの子たち、亜美のことは一年のときから無視してたじゃない」

がーん。気づかなかった。

「わたし、負けないからね。ピアノのわからないやつにはなにいわれても平気。お金だってかかってる。わたしにお金と期待をかけすぎるってパパとママが急に口げんかするようになってさ……。人間て、いやだね。わたしは、人間やめてわたしの奏《かな》でる音楽になりたい。それで、いろんなドロドロしたやつも、全部跳《は》ね返《かえ》す」

「うん。環奈ちゃんは、負けないよ。環奈ちゃんだもん、大丈夫」

「でしょ？　ホント亜美って、いつもテキトーな慰《なぐさ》め方《かた》をするよね」

「そうかな。思ったことをいってるだけだけど」

話すうちに環奈ちゃんのとんがっていた口がだんだん引っ込んで、笑顔になっていた。環奈ちゃんの笑顔が見れて、わたしもやっと笑顔になる。

「亜美らしくていいと思う」

褒めてくれたのかな。

「じゃ、寒いからもどる」

相変わらず勝手だなあ。環奈ちゃんはエレベーターのボタンを押《お》して、中に乗り込んだ。

「亜美が水野くんとつきあってるって本当？」

「え！　そんなこと、だれがいったの？」

「みんながいってるよ」

顔の前でドアが閉まって、環奈ちゃんを乗せたエレベーターが上昇《じょうしょう》していく。

ええええ!?

まだまだ、まだつきあってないですから！

予約されそうになったことはあるけど！

待ってよ。予約ってなに？　つきあう予約ってどういうこと？

だれもいないエントランスで、一人、あたふたしてしまった。

十二

環奈ちゃんは地区大会の出場資格を射止めた。本大会を目指しているのだから、当然の結果だ。

その報告をラインでもらったとき、わたしは『アンコ椿は恋の花』の伴奏を、図書館で借りたコード付きメロディー譜と耳コピーでマスターしたところだった。

調べてみたら、『アンコ椿は恋の花』は昭和三十九年、つまり一九六四年に発売された都《みやこ》はるみという歌い手さんのヒット曲。お母さんが生まれた年よりもずっと前だ。でも、お母さんは『アンコ椿は恋の花』の歌も、都はるみも知っていた。ヒットして長く歌《うた》い継《つ》がれているから、お母さんは覚えたのだろう。

みんなが知っている歌ってすごい。その年齢より上の人ならたいていの人が知っている歌があるんだ。逆に、年齢が違うとまったく知らない歌もある。

お母さんが大好きなユーミンの『あの日《ひ》にかえりたい』を調べてみたら、一九七五年の曲だった。そのときにお母さんは小学生にもなってないはず。なのに知っていて、いまでも大好きなんだ。お母さんが機嫌のいいときに鼻歌で歌う徳永英明《とくながひであき》の『輝《かがや》きながら…』は中学生のころのヒット曲。そういう曲は、年をとってもずっと覚えているんだろうか。

音楽って不思議だな。ショパンの『小犬のワルツ』なんて、一八〇〇年代半ばの曲だし、ベートーベンの『エリーゼのために』はもっと古い。わたしや環奈ちゃんにとって「超有名」なピアノ曲も、ピアノにもクラシック音楽にも興味がなければ、一生知らないで過ごすのだ。そして、子どものころに学校でなんとなく覚えた歌が、国を強くするための、軍隊みたいに集団行動できるようにして、国を愛して国のために死ねる人を教育する目的で作って子どもに歌わせていた曲かもしれない。そんな歴史があったたってこと。

わたしが八十歳《さい》か九十歳になったとき、どんな歌を覚えているんだろう。みんなとなにを歌うんだろう。いま同じクラスにいる人たちは、好きなアーティストも聴いている曲もバラバラだ。ボカロにアイドルにK《ケー》-POP《ポップ》、プログレ、アニソン、クラシック……ラップバトルに夢中な男子もいたように思う。やっぱり、みんなが知っているものって考えたら、教科書に載っていた歌なのかなあ……。

「なにかいいたいことがあるならいいなさい」

お昼ご飯を食べながら、ぼーっと考えていたら、お母さんにいわれてしまった。

明太《めんたい》スパの出来栄《できば》えにわたしが不満を持っていると思ったのかも。お母さん、ゆで時間を間違えたって気にしていたけど、いつもと同じ混ぜるだけのパスタソースだし、別になんとも思ってなかった。芯《しん》があってかたすぎるより、柔《やわ》らかすぎて途中ですぐ切れるほうが消化が良いし、食べやすさからいうと、いいと思う。でも、それをいったら怒るかな。緊張する。

「黙ってないで、いいなさい」

「いま考えていたことは、もしもいつか、お母さんがデイサービスに通うようになったら、ユーミンや徳永英明をみんなで歌うのでしょうか、と……」

「デイサービス？　なんてことをいうの。縁起《えんぎ》でもない」

縁起でもない？　お母さんもそんなふうに思っているのか。少しがっかりした。高齢のエリーゼさんが誤解して、怒ってしまったのも無理がない。

「わたし、デイサービスで、歌の伴奏のボランティアをしているんです。話そうと思っていて、忘れていました」

「あなたいったいなにをしたの？　学校でやるようにいわれたの？　担任の先生からなにも聞いてないわよ？」

驚いた。お母さんは、ボランティアを罰《ばつ》かなにかのように思っている。

「ボランティアだから、自分からやろうと思って始めました。ほかに高校生のボランティアもいるし、大人の演奏家の人もときどき来ているみたいです。ピアノ教室に行かない代わりに、ピアノが弾きたくて」

「それ、いくらかかるの？」

「ボランティアだから、お金はかからないです。楽譜は合唱部の先生に借りたり、いまのところは図書館でさがしたりしているので」

お母さんは疑うようにわたしを見ている。だからいった。

「この前は、環奈ちゃんもいっしょに行きました。部活の先生にもちゃんと報告しています」

「あらそう。そういうことならしょうがないわね。なんだ、それで突然《とつぜん》、都はるみがどうとか演歌の歌番組を見たいとかいいだしたのね？」

「はい」

「あなたみたいな子がお年寄り相手のボランティアなんて、ねえ……。まあ、勉強の邪魔《じゃま》にならない程度に、好きなようにしなさい」

あなたみたいな子といういい方が気になった。けど、辞めろといわれなかったからよかった。

お母さんが思っているより、このひと月で、わたしはいろんなことを覚えて、体験したんだよ。話しても、わたしの気持ちはそのまま伝わらないと思うけど。

わたしは「はい」とだけ答え、ふやけたミミズみたいなパスタをフォークですくって、口いっぱいにほおばった。

わたしもいつか、この家を出るのかもしれない。環奈ちゃんのように広い世界でピアノの力を試《ため》す夢はなくても、どこかへ行って、わたしがすることでだれかを喜ばせることは、きっとできると思うんだ。

わたしは、「優しい手」になろう。

第三章　わかること、わかりたいこと

一

年が明けて、十日《とおか》が丘《おか》図書館が開館した。

そのころには『ゴンドラの唄《うた》』と『函館《はこだて》の女《ひと》』が弾《ひ》けるようになっていた。一月の歌は、『富士《ふじ》の山《やま》』『冬景色《ふゆげしき》』『スキー』『山男《やまおとこ》の歌《うた》』『アルプス一万尺《まんじゃく》』『隣組《となりぐみ》』『お江戸日本橋《えどにほんばし》』『ゴンドラの唄』『函館の女』『アンコ椿《つばき》は恋《こい》の花《はな》』の十曲。もう、どの伴奏《ばんそう》も大丈夫《だいじょうぶ》。

冬休みのうちに、二、三月の歌の演歌の楽譜《がくふ》も探そうと思い、さっそく図書館に行った。検索用《けんさくよう》のパソコンを使っていると、だれかに肩《かた》を叩《たた》かれた。水野《みずの》くんだ。

「久しぶり。いるかなと思って」

「あ、久しぶり。あけましておめでとう」

水野くんは年末年始のきのうまで静岡《しずおか》のおばあちゃんの家に行っていた。わたしの家族には親戚《しんせき》が大勢で集まる「いなか」がなくて、お正月は初詣《はつもうで》以外はだいたい家で過ごしていた。きょうは図書館に行くってわたしがラインに書いたから、来てくれたのかも。

「あのへんで本、見てる。ぼくも調べたいことがあったから」

OK。検索を済ませて、楽譜のほかにも調べたい本を見つけた。閲覧《えつらん》のテーブル席に向かうと、水野くんは本を広げてノートに写していた。会うための口実じゃなくて、本当に調べたいことがあったんだ。

だよね。わたしに会いたいだけで来るわけがない……。期待してはいけないいってば。

閲覧席は混んでいて、水野くんのいるテーブル席はいっぱいだ。なのでうしろのテーブルに背中合わせに座《すわ》った。

離《はな》れている。けど、なんとなく二人は繋《つな》がっているような気がする。

わたしは水野くんのことが好きだと思う。水野くんも同じくらいわたしを好きならいいな。だけど、両思いになったら、つきあわなくてはならないのかもしれなくて、そういうのはまだ、重い気がする。でも、わたしのことが水野くんにとっての特別な好きだったらいいなと思う。

ティーンズコーナーにあった、保育士と、介護福祉士《かいごふくしし》の職業紹介《しょくぎょうしょうかい》の本を二冊、テーブルに置く。どちらを先に見るか少し迷って、保育士の本を広げてみた。

ピアニストや音楽の先生以外で、ピアノが弾けることを活《い》かせる仕事ってなんだろうって考えて、まず思《おも》い浮《う》かんだのが保育士だ。

それから、介護福祉士。インターネットで高齢者向《こうれいしゃむ》けの歌のことを調べているうちに、音楽療法《おんがくりょうほう》という言葉があるのを知った。音楽を使ったリハビリテーションとか、リラックス作用とか、認知症予防《にんちしょうよぼう》とか、そういう効果を期待したプログラムを、高齢者や障害者の施設《しせつ》やリハビリの施設で行うことがあるみたい。ただ、どこでもやっているわけではない。音楽療法士という資格はあっても、それを専門の職業としている人は少ない。と、したら、介護福祉士のほうが、もしかしたら介護の現場で歌の時間に関わるチャンスがあるのかな……と。

もくじを見て、知りたいことが書いてありそうなページをぱらぱらめくって、二冊とも拾い読みをしていく。

どちらも国家資格だ。保育士は、大学を出てから筆記試験と実技試験を受けて資格を取る方法と、高校を卒業したあとに厚生労働大臣《こうせいろうどうだいじん》の指定をうけた養成学校で勉強して卒業する方法。介護福祉士のほうは、大学卒でも高卒でも筆記試験は必須《ひっす》だ。実技試験もある。でも福祉系の学校に通って養成施設で一年以上の経験を積めば実技試験は免除《めんじょ》になる。大学のほかに、施設で三年以上働きながら研修を受けて受験資格を得て、それから試験を受けて資格を取る方法もある。ふうん。

資格を取らないと保育士や介護福祉士と名乗れないけど、資格がなくても保育所や介護施設の仕事には就《つ》けるんだ。資格がないよりはあったほうがいいんだろうな。どちらにしても、とにかく高校には行って、卒業しなくちゃいけない。それからだ。

中学二年のわたしには、遠い道のりのように感じる。

だけど、大人になったらどんな職業に就きたいかってトピックは、大人が子どもに質問したがる鉄板クエスチョンだ。

これまでは、ピアニストかピアノの先生っていってみたかった。けど、環奈《かんな》ちゃんがいたからおこがましくて、恥《は》ずかしくて、だれにもいえなかった。

うちの子は夢がない、とお母さんにいわれていた。だから「トナカイを飼う人」っていっていた時期がある。トナカイを飼う人になれば、サンタクロースと友だちになれそうだから。この答えが大人に好意的に受けとめられたのは小学四年生までだった。だから、五年生からは「お母さんみたいに子育てしながら会社で働きたい」って答えていた。そういっておけば、お母さんは複雑な表情をして黙《だま》る。

これからは、保育士か音楽療法に関われるような介護福祉士になりたいっていってみようかな。

ぱたんと本を閉じる。

背中合わせの席にいる水野くんからも、本を閉じる気配がした。

話しかけても大丈夫かなって考えていたら、耳元で水野くんのささやき声がした。

「終わった？　外で話そうか」

「うん……」

くすぐったい。内緒話《ないしょばなし》って、何年ぶりだろう。

二

「太鼓橋《たいこばし》のこと、調べていたんだ。あの歩道橋のことで市長への陳情書《ちんじょうしょ》が出ていたって知ってた？」

図書館の外に出たとたん、水野くんは満面の笑《え》みを浮《う》かべていった。久しぶりにやっと話ができるのに、新年のあいさつどころかロマンティックなやりとりもなく、でも、すっごく嬉《うれ》しそうだからいいや。

「陳情書ってなに？」

「住民の意見や要望を議会に伝えることだよ。住民のためにお役所がなにかをしようとするとき、そのための予算を決めるのが議会だから。それで陳情のあとにどうなったのか調べてみたら、『十日が丘駅周辺地区バリアフリー基本構想』っていうのに、ジューダンコーバイの改善の検討って言葉が入っていた。すごい、すごいよ」

すごいの？

わかったふりをしてようか。ううん、水野くんの話すことはちゃんとわかっておきたい。

「ジューダンコーバイ？　はじめて聞いた」

「そっか、目で読めばわかるけど。ふつうは使わないね」

水野くんはわたしの手を取って手のひらを上向きに開かせると、右手の人差し指で文字を書いて教えてくれた。水野くんの指先が、ほんのり温かい。

「縦《じゅう》、断《だん》、勾《こう》、配《ばい》」

くすぐったさで笑ってしまい、配の旁《つくり》が書き終わらないうちに手を引《ひ》っ込《こ》めた。

「ちょ……だめ、笑ってごめん。太鼓橋の急な坂のこと、縦断勾配って呼ぶんだ？」

「建築とか土木の分野の言葉だね。近くだし、見に行かない？」

登校するのにいつも通っている太鼓橋を、わざわざ見に行ったことはなかった。

「えっと、うん。水野くん、あの坂のこと気になっていたの？　ヒルタウンに住んでいれば、学校に行くときは使わないよね」

水野くんは歩きながら話してくれた。

「登校では使わないけど、塾《じゅく》や図書館に行くのに通るし、駅を使う大人たちは通るよね。駅前の住民だって丘の上の郵便局に行くときには使うでしょう。同じ団地に双子《ふたご》の赤ちゃんを産んだ人がいて、電車で出かけてみたいけど、帰りにあの坂を双子用のベビーカーで上るのを考えたら、大人一人では行けないって話してた」

「そっか。ベビーカーも坂は大変なんだね」

健康で若くても、障害があるとか高齢とかでなくても、坂道が困ることはあるんだ。

「その人、ローンで中古車を買ったみたいだけど、運転がまだ仮免許《かりめんきょ》なんだって」

「買い物はどうしてるの？」

「配送サービスを使ったり、いろんな人に手伝ってもらっているって」

「手伝う人がいるならよかった……。あのね、エリーゼさんってわたしが勝手に呼んでいる、お年寄りのかわいいおばあさんがいて、買い物のあとでこの橋を越《こ》えるのがいつも大変そうだったの。橋を越えたところのベンチでいつも休んでからヒルタウンに向かっていくの」

話しているうちに、太鼓橋の高架《こうか》の下の環状道路《かんじょうどうろ》に着いた。

下から見上げると、橋は道路際のアパートの二階の天井《てんじょう》くらいの高さ。この高さまで坂だけでのぼっていくのだから急角度になるのがよくわかる。

「縦断勾配の検討って、どんなことをするのかな」

「ぼくの予想だけど、橋の架《か》け替《か》えは費用がかかって難しいだろうから、急な部分がなだらかになるようスロープのはじまりを遠くに延ばすのかな、と。橋を削《けず》るわけにもいかないし、高さを下げたら、環状道路を通る車が困るだろうし」

「いまだって十分長い坂だと思うけど、延ばせるのかな……」

「駅前の傾斜《けいしゃ》の緩《ゆる》やかな部分からプロムナードをかさ上げすれば、なんとかなるかもしれない」

「うーん、上るのは同じだから、嬉しいような嬉しくないような……。プロムナードのタイルも全部剝《は》がして貼《は》り替《か》えなくちゃいけなくなるね。工事で通れなくなったら不便だし」

水野くんはわたしにニコッと笑ってからいった。

「バリアフリーを考えるなら、勾配を上らなくする方法もあるね。太鼓橋を渡《わた》らない方法」

実は太鼓橋を渡らずに環状道路を渡って向こうがわに行く方法がある。

太鼓橋の手前から環状道路へ抜《ぬ》ける道に出て、二十メートル東に行ったところに信号機があるのだ。

「こっちから行ってみよう」

水野くんに促《うなが》されてついていく。信号待ちのあいだ、道路沿いのラーメン屋さんのいいにおいがする。

「それでね、静岡のおばあちゃんちでひまだったから、いとこのパソコンを借りていろいろ調べたんだ。前に話したと思うんだけど、ぼくが内覧会で見た十日が丘の新しいマンションって、Y市の『持続可能な住宅地モデルプロジェクト』っていうのに含《ふく》まれているんだ。高齢者向け住宅も同じ区画に入っているし、子育て世代にも住みやすいファミリー向けの設備もあるわけ。住民が運営する多世代交流サロンっていうのを作るのも、バリアフリー住宅というのも特徴《とくちょう》」

「バリアフリーってこのごろよく聞くけど、バリアがなくなると不便じゃないの？」

「攻撃《こうげき》から身を守るバリアとは違《ちが》う使い方のバリアだね。人がなにかをするときに、行動を制限するような、壁《かべ》が立ちはだかって邪魔《じゃま》してくるような、そういうバリアとなって妨《さまた》げるものを取り除くことで、いろんな人が生活しやすくしようって考え。たとえば駅にエレベーターを付ければ、車椅子《くるまいす》もベビーカーも松葉杖《まつばづえ》の人も一人で移動できる。大きな荷物の旅行客だって便利になる。エレベーターを付けることでバリアフリーになる。そういう障壁《しょうへき》をなくそうって話」

「そういうバリアなの。ちゃんとわかってなかった」

「でね、今度の再開発地域は、家や新しい区画にいるときはバリアフリー。だけど、車を持ってない人は、駅に行くときに太鼓橋を渡るでしょ？　大丈夫なのかって心配になって調べてみた。それで、何年も前から太鼓橋にも改善の要望が出ているのを知ったんだ」

それで図書館から出たときすごいって話していたんだ。

待ち時間の長い信号の色が変わり、横並びで横断歩道を渡る。

「ふつうの車が通る自動車専用道路って、勾配が十二パーセント以下にするルールがあるんだって。地域の事情で例外もあるけどね。歩道にはそういう決まりがないんだよ。調べてみたら、ハンドル型のシニアカーの場合は十度、パーセントで換算すると十七パーセントくらいの勾配は上れるように設計されている。実際はそれ以上の勾配も上れるから太鼓橋を通っている人がいるんだけど、安全に走行できるのは十度までとマニュアルに警告が書いてあるんだ。電動車椅子の場合は六度、十パーセント以上の勾配は同行者や介助者が必要って注意書きがあるんだ。転倒の危険があるからね」

「太鼓橋ってどのくらいなの？」

「ぼくのおおざっぱな見立てで、距離《きょり》と高さで勾配を調べるサイトで計算したら、急なところで二十五パーセントはあると思う。角度でいうと十四度ぐらい」

「じゃあシニアカーでも電動車椅子でも危険なんだ。せめて、通れる傾斜にしたいね」

「そうすると坂が長くなる。だから太鼓橋を渡らない下道のルートがもう一つの案だね」

水野くんは歩道橋を渡ったほうの太鼓橋の袂《たもと》にある、石の階段を指した。

「前に環奈ちゃんと話したことがあるの。エレベーターを付けたいって。冗談《じょうだん》のつもりだったけど……」

石の階段はとても急で、建物の陰《かげ》になって薄暗《うすぐら》い。

小学生のときに環奈ちゃんと段数を数えたことがある。たしか三十三段だったと思う。手すりは片側だけにステンレスのつるつるしたまっすぐの棒がある。湿《しめ》っていると滑《すべ》りそうだし、ペンキのはげてさびた柵《さく》は心許《こころもと》なく、できれば触《さわ》りたくない。

太鼓橋の坂を苦しく思うお年寄りが、この急な階段を上がれるとは思えない。遠回りになるし、信号待ちの時間もかかる。

「エレベーターの設置の検討もするらしいから、付けるとしたらたぶんこのあたりかな」

「ここにそんなスペース、あるかな」

「なさそう」

階段の前で水野くんがわたしに手を差し出した。親切にしてくれたんだ。一瞬《いっしゅん》迷ったけど、その優《やさ》しい手を握《にぎ》って急な石段をいっしょに上がった。だって、危ないし、この一段一段が高めの階段はわたしでもちょっと怖《こわ》い。

丘の上に出た。どちらからともなく、ぱっと手を離す。

「太鼓橋もこの階段も使わない方法がある。それが第三の案」

「ここ以外になにがあるの？」

「駅から新しいマンション地区まで国道経由でシャトルバスを往復させる計画がある」

「へえ、それは便利かも。でも、それだと新しいマンションのそばに住んでいる人にしかバリアフリーじゃないね」

「バス代もかかるしね。日陰は寒いね。そこの日向《ひなた》にちょっと座ろうか」

水野くんがいったそれは、エリーゼさんがひと休みするベンチだった。

三

太鼓橋のわきのベンチまで行って、二人で並んで座る。

ここに座るとついエリーゼさんをさがしてしまう。

エリーゼさんはいまごろなにをしているだろう。お正月は、娘《むすめ》さんといっしょに楽しく過ごしていたのだろうか。だったらいいな。「デイサービスに来てなんていう、失礼な子どもがいたのよ」なんて、話しているかもしれない。

誤解なんだけどな……。

「ぼくたちも、大人になって家やマンションを買うときがきたら、双子の子どもができても、年をとってシニアカーが必要になっても、長く安心して住めるバリアフリーの町に住みたいね」

「水野くん、それっていっしょに住むって前提で聞いたのかな。別々って意味なのかな」

「どっちでもいいかな」

なにそれ。思わせぶりなことをいっておきながら。ドキドキする前に聞いておいてよかった。

「ぼくは本田《ほんだ》さんといっしょに住むつもりでいったんだけど、先のことだから違ってしまっても
かまわない。先のことはわからないから。でもいまはそうなったらいいなって思ったんだ」

やっぱりドキッとしてしまった。水野くん、天然の女たらしだなあ。

「そのとおりです。先のことはわからないから。いまだって、まだ友だちだもの」

「友だちだけど、これ、もらってくれるかな」

水野くんはリュックから円筒形《えんとうけい》の紙製の筒《つつ》を出した。お茶っ葉の筒みたい。

「静岡のお土産《みやげ》？」

「元はお茶筒だけど、中身は違うんだ。横にしたままでゆっくり開けてみて」

まったく想像がつかない。飛び出してきたら困るので、慎重《しんちょう》にふたを開けた。紙製とはいえお
茶筒だけあって機密性がよくて、抜けたときにすぽんといい音がした。

中に入っていたのは……小さな町だった。

細長い紙に描《か》いたミニチュアのビルや山や道路が、筒の半分に奥《おく》のほうまで連なるように貼り
付けてあって、空には雲や飛行機や鳥がいる。絵は平面だけど、重なりに奥行きがあって、本物
の町のような広がりがある。

「すごい、立体の作品だ」

「たまには違うものを作りたくなって」

「絵が好きなんだと思ってた」

「絵を描くのも好きだけど、建築物が好き。道路とか橋とかも。川とか地形とかも。そうだな、両方好きかも。というか、都市計画って、すごくない？　道路や橋を造ってシンボルになるビルや公園を造ってさ、自分が考えた都市にたくさんの人が住んで生活するところ、想像したらわくわくするでしょ？」

「え……あ、うん」

ごめん、そんなこと、一瞬も想像したことがない。

水野くんはスケールが違うな。でも、そんな水野くんを見ていると、わたしもわくわくしてしまう。

茶筒の中にある何層もの切り絵の町は、いつも水野くんが描いてきたレジデンス広告のファンタジックな世界と同じだ。わたしは水野くんのことを、もっともっと知りたい。思いがけない発想で、水野くんの描いた世界がどんどん変化して発展していく様子を、この先も知っていきたい。優しくてサプライズがいっぱいの水野くんとずっといっしょにいられたら、きっとすごく嬉しいと思う。

「ありがとう。大切にするね」

「よかった。笑ってくれて」

「どうして？　わたしっていつもヘラヘラ笑ってるって、お母さんにも環奈ちゃんにもよくいわれるよ？」

「そういうお愛想《あいそ》やごまかしの笑いじゃなくてさ。冬休みの前に、元気のなかったときがあったじゃない？」

「そうかな……覚えてないけど」

わたしはとぼけてみた。だって水野くんには関係のないことだもの。

水野くんは優しい顔でわたしを見てる。

見てる。まだ見てる。

「まだなにか引きずっているんでしょ？」

そうだよ。でも水野くんには関係ないこと。話したからってどうにもならない。

「全然」

水野くん、まだ見てた。

「話してもいいの？　時間ある？」

「昼ご飯までに帰ればいいから、まだ平気」

「頼《たよ》らないでとか重たいとかどうでもいいとか、そういうことをいったり怒《おこ》ったりしないよね？」

水野くんがお母さんや環奈ちゃんのようなことをいうわけがないとわかっているのに、念を押《お》してしまった。水野くんのほうが、戸惑《とまど》っている。

「内容にもよるけど、そういうことは、たぶん、いわないよね？　水野くんはそういう人だ。

同じクラスの水野くんとちゃんと知り合えて、こうして話ができて、本当によかった。クラスメイトのことは知っているつもりでいたけど、人って、きちんと向き合わないと、本当のことはわからない。

「あのね、エリーゼさんに会いたいの。会って、もしわたしのいったことを誤解しているのだとしたら、それを解きたい。でも、名前もわからない人をさがしたいなんて、無理な話でしょう？」

「そういうことなら、頼ってくれていいのに」

「えっと、でも、わたしのことだし。人に頼っちゃいけないと思ってた。迷惑《めいわく》かけたくないし」

「人に頼ったら迷惑って思ったの？　相手がぼくでも？」

「えーと……うん。水野くんと水野くんの時間を大切にしたいから、わたしのことで頼りたくなかった」

「あのね、好きな人から頼りにされたら嬉しいって考えたこと、ない？」

好きな人から……環奈ちゃんや水野くんからなにかを頼られたら、嬉しいかも。わたしにできることでよければ協力したい。それって、わたしも水野くんに頼っていいってこと？

「ないわけではないけど……」

うつむきかげんになっていたわたしの顔を、水野くんは横からのぞき込《こ》んだ。顔、近い！

キスされるのかと思った。するわけがないのに！　そんなふうに考えたら水野くんに悪いよ。

驚《おどろ》いてよけて顔を上げたら、水野くんはふざけてはいなかった。妙《みょう》にまじめな顔。

「よけてくれてよかった。一瞬、しちゃおうかと思った。届きそうだったから」

マジですか。唇《くちびる》に目が吸い寄せられてしまった。そんなこといわれたら、見てしまう。

「そ、そういうのはだめです」

「偶然《ぐうぜん》だったから、もうしない。同意があるまでだめなやつだし、やばかった」

水野くんはイワザルみたいに両手で口元を押さえた。

「そうです。それにまだ正式につきあっているわけじゃないし、恋人《こいびと》でもなんでもない人とはしないです」

「そうだね。でも頼るべきときはぼくにも頼ってほしいな。人《ひと》さがしなら、みんなでさがしたほうが早いでしょう。エリーゼさんのこと、もう少し教えてよ」

そういって、わたしからさらに十センチ離れた位置に座り直す。と同時に口元から手を離して頬《ほお》を赤くした顔で無邪気《むじゃき》にニコッと笑った。

「ああ、ドキドキした！」

それはこっちのセリフです。

四

冬休みが明けて、一月の一回目の歌の時間のボランティアの日が来た。

練習しておいた十曲は、まずまずの出来栄《できば》え。特に、『スキー』の伴奏をしたとき、「いいねえ」とわさびさんにも喜んでもらえた。たしかに、躍動感《やくどうかん》のあるメロディーは、ピアノの伴奏がつくことでさらにテンションが上がる。歌い終わると拍手《はくしゅ》が起きた。

なのにわさびさんは、『隣組』という、ユニークな曲になると、「好かん」といって歌わなかった。とぎれとぎれに聞こえた話し声から推測すると、戦争と関係がある歌だからみたい。明るい曲なのに、そうなんだ？

意外なところでは、『ゴンドラの唄』という大正時代に生まれた流行歌が、利用者さんに人気だったことだ。映画やお芝居《しばい》の中で歌われることがよくあって、何度もカバーされてはやったらしい。

二十分間の歌の時間は、夢中で伴奏しているうちに、いつもあっというまに終わる。そして、歌のリーダーさんの終わりの言葉と同時に慌《あわ》ただしく帰りの送迎《そうげい》の準備が始まる。

邪魔にならないよう、わたしもすぐ撤収《てっしゅう》だ。

でも、電子ピアノのふたをしたそのとき、いつもと違う感じがした。なにか物足りない。部屋のなかをぐるっと見渡す。

きょうは洗濯《せんたく》さんが来ていないんだ。どうしたんだろう。

送迎担当でなさそうなスタッフさんが近くに来たので聞いた。

「あの、いつも話しかけてくれた元気な女性の利用者さん、きょうはお休みですか？　洗濯物をたたむお手伝いをよくしている人です。いつも水曜に来ていたのに、きょうはいないみたいだから……」

「深山《みやま》さんのこと、心配してくださったのね。いつも同じ曜日に同じ利用者さんが来ると決まっているわけではないんですよ。介護保険の関係で月あたりの利用額が決まっているし、自費で回数を増やすかたもいらっしゃいますけど、毎日来るとかえって疲《つか》れてしまいますから。個人情報になるので個別の利用者さんのことはいえませんけど、ご高齢のかたたちなので体調の変化で急に来れなくなることはあります。場合によっては入院や別の施設に入居されることもあります。

ほかの利用者さんが動揺《どうよう》しないよう、こちらからお伝えすることはしてないのです」

そうなんだ。あんなに元気そうだったのに。

仲良くなったわけではないけど、ショックだった。

帰り道、いろんなことを考えてしまった。

エリーゼさんも、寝込《ねこ》んでいたら？　入院したりしていたら？

この前、エリーゼさんさがしを手伝ってくれるといった水野くんは、わたしの話を聞いたあと、少し時間をちょうだいといっていた。知り合いに聞いてみるって。

ヒルタウンにはお年寄りの住民が多いから、小柄《こがら》なおばあさんはたくさんいるし、毛糸の帽子《ぼうし》をかぶっている人も多い。カートを引いて駅前のスーパーに買い物に行くおばあさんもたくさんいる。だから、まだ見つけられないでいる。

年をとるって、どういうことだろう。

子どもの自分にとって年をとることは、体が成長することだ。できることが増えて、知識も増えて、大人になっていくことだ。

でも、二十歳《はたち》を過ぎて成長が止まったら、どんな感じなんだろう。大人はよく、年をとるのはいやっていう。年をとるのが悪いことみたいにいわれると、大人になるのがなんかいやだな。

年をとった分だけ自信がつくように思うのに、自由になれると思うのに、大人になればなるほど大人は不思議といやそうな顔をする。

年をたくさんとるといろんなところが衰《おとろ》えて、できなくなることが増えてくる。そういう年のとり方って、まだ想像したことがない。どちらかというと、もう何十年も生きて好きにしてきたんだから、ちょっと不便になるぐらいいいじゃないって思っていた。でも自分がいつかそうなるって考えると、怖い。

デイサービスで歌っている利用者さんを見ていると、お年寄りだって一人一人好きなものとか性格とか人生の経験とかが違っていて、でも楽しいことは楽しいし嫌《きら》いなことは嫌いだし、中学生のわたしと変わらないふつうの人なんだって、わかってきた。

小学生のころ、中学生たちが別の種族の生き物みたいに見えて怖かったけど、自分が中学生になってみたら、別人になるわけじゃなくて根っこは同じなんだなって思ったのと同じ。高校生になっても、大学生になっても、わたしの中心にいるのはきっとこのわたしなんだ。お年寄りになって、もし寝たきりになったとしても、わたしの中心はずっとこのわたしのままだろう。

自分はいまは中学生だから、いまできなくてもがんばればできる、大きくなったらいつかできるかもしれないって思えることがたくさんある。その人の生まれつきの限界もあるけど、まだまだほかの可能性も見つけられるはずだから。でも、年をとるって、そういう〝いつか〟がなくなっていくことなのかも。そう考えたら、すごく怖い。

太鼓橋を荷物を持って軽々と歩いていたわたしがある日、休憩《きゅうけい》しないと越えられなくなって、そのうち自分一人の力では歩けなくなって……って。年をとるのは自然で当たり前だと思っていたけど、自分がいつかそうなることを考えたら、なんかちょっと納得《なっとく》いかない。なにも悪いことをしていないのに、生きてるだけで年をとるなんて、衰えてしまうなんて、残酷《ざんこく》すぎる。

たくさんがんばってきたことがあるのに、動けなくなったそのときの姿だけ見て、周りからなにもできない人って思われてしまうとしたら、とてもいやだな。自分のことを自分でできないのなら家でおとなしくじっとなにもしないで一人で過ごしていればいい、と思われるのもいやだ。

年をとって困っているなら助けてもらえばいいのにって思っていたけど、そうなったときに周りの元気な人から「もう自分でできない人」って思われたくはない。なにかをしてもらうたびに「ごめんね」「ありがとう」って何度もいわなくてはならないと、自分がそこにいてはいけないように思えてしまって、「放っておいて」といいたくなる。周りの人に迷惑をかけたくない。まだ一人で大丈夫、なにも困っていないって思いたくなる気持ち、きょうはじめて、なんとなく、想像できた。

五

マンションの階段を上っていくと、うちのある階に上がる踊《おど》り場《ば》を曲がった上の段に環奈ちゃんが座っていた。

「留守だったから待ってた。どこ行ってたの？」

「伴奏のボランティア」

「まだやってたの？」

ピアノ教室を辞めたからって、ピアノが弾けないわけじゃないし、ピアノコンクールに挑戦《ちょうせん》する腕前《うでまえ》がないとしても、ピアノがなにも弾けないわけじゃない。

「続けるつもりでいるよ。環奈ちゃんがうちに遊びに来るって珍《めずら》しいね。どうかしたの？」

家のカギを開けると、環奈ちゃんは断りもせずに靴《くつ》を脱《ぬ》いで先に上がった。小学低学年のころはよくうちに来て遊んでいたけどさ、ちょっとお行儀《ぎょうぎ》が良くないな。

環奈ちゃんはバスンとソファーに座った。

「親がけんかしてるから、避難《ひなん》してきた」

そういうことか。これって、頼ってくれているってことなのかな。

「わたしにお金がかかりすぎることで二人にけんかされるとさあ、わたしなんて産まなきゃよかったのにって思う」

「それは……うん」

子どもは自分でお金を稼《かせ》ぐことができないから、親にお金のことをいわれるのはつらい。

冷蔵庫の買い置きに環奈ちゃんに出せるような飲み物、あったかな。温かいほうがいいか。粉末のレモンティー、まだ残っていたかな。

わたしは違う二つのことを考えていて、あいまいなあいづちを返した。

「お金のことは子どもが心配しなくていいって親はいうけど、結局わたしのことじゃん？　親戚からお金借りるのにへこへこして仲良さそうにして、家ではわたしに隠《かく》れて、あの親戚に借りるくらいならポルシェやロレックスを売ればよかったとかってひそひそ声の口げんかして、ホントみっともない。けんかするなら子どもにばれないようにやってよ。そんなことを親にさせる子どももって情けないどん底の気分になるんだから。わたしにそんな資格があるの？　期待どおりの結果が出なかったら、だれが責任取るの？　ねえ、子どもの夢をかなえるのにはお金が必要なんてこと、小学校では教えてくれなかったでしょ？　うんざりする」

電子レンジでお湯を作っているあいだも、環奈ちゃんの愚痴《ぐち》は続いていった。

「ふつうに生きていてもお金がかかるのに、なんで子どもなんか増やすんだろう。学校で将来の夢の作文を書かせる前に、子どもにかけたい金額に合った夢の一覧表を見せてほしいわ。お金、お金、お金……わたし、お金を持って生まれてくればよかったなあ」

環奈ちゃんにレモンティーを持っていく。環奈ちゃんはフウフウしながらカップに口をつけた。悔《くや》しいけれど、多少お行儀悪くしてたって、なにげない動作がかわいい。かわいいものを見れたから許すか。

飲んでいるあいだは環奈ちゃんの愚痴がやんだ。

「ありがとう。熱すぎるけどまあ、おいしい」

「お金をかけないでもできることはあるだろうけど……」

向かいのソファーに座りながら、わたしはいった。

「将来の仕事のこととか、資格を取る学校に行くこととか考えたら、お金がなければ夢がかなわないっていうのは、本当のことなんだなって、なんとなく、わたしでもわかってきたよ。夢の話なのに夢がないけど」

でも、環奈ちゃんの親の場合は、お金を借りてでも応援《おうえん》しようとしてくれている。環奈ちゃんなら夢がかなうと信じているからできること。

そのことをいうべきか迷った。

お金の無駄《むだ》だって決めつけて、いきなりピアノ教室を辞めさせる親だっているんだよ。うちにはポルシェもロレックスもないし。……なんて、うちの事情を環奈ちゃんにいってもしょうがないか。環奈ちゃんとわたしとは、同じマンションに住む幼なじみでも違うところがたくさんある。

小さいときは、電子ピアノのほうがいろんな音が出るから楽しいって思っていた。だけども し、グランドピアノがある家で育っていたら、いまのわたしはもっと違っていたのかな。うう ん、どっちにしても、手の大きさは変わらない。

「ラインの音がしたよ」

「え?」

「あのへんから着信する音がした」

さすが環奈ちゃん、耳がいい。

本棚《ほんだな》の隙間《すきま》にお母さんのタブレットが置いてあった。アプリを開く。

「ライン、だれ?」

「友だち」

水野くんが、【ポーラC《シー》】さんが新しい動画をアップしていることを教えてくれていた。

水野くんとのやりとりを見られたくないから、教えられた動画をユーチューブのアプリで開いて、そこから環奈ちゃんに画面を見せた。

「伴奏ボランティアの高校生が、ネットに動画を載《の》せているの。新作アップしたみたい」
『情熱《じょうねつ》の花《はな》　原曲オリジナル歌詞　アカペラ&パーカッション』【ポーラC】
今回はギターの弾き語りではないようだ。
環奈ちゃんが再生ボタンを押した。
パーカッションってなんだろうって思っていたら、カラオケ店にあるようなじゃらじゃら鳴る枠《わく》だけのタンバリンを持ったうしろ姿が画面に映った。前回と同じディズニープリンセス柄《がら》のカーテンも映っている。
ポーラさんは顔の映らない斜《なな》めうしろ向《む》きの姿のままでモンキータンバリンを鳴らし始めた。
チャッチャヤチャ　ッチャヤッチャ　チャッチャヤチャ　ッチャヤッチャ
J《ジェイ》－POP《ポップ》やロックではあまり聴かないリズムだ。ラテンダンスの音楽？
画面に『PASSION《パッション》 FLOWER《フラワー》 The《ザ》 Fraternity《フラタニティ》 Brothers《ブラザーズ》』と文字が出る。
いきなり歌が始まった。怒った声で、けんかしているような口調だった。微妙《びみょう》にずれたタイミングで歌詞の字幕が出た。
『バッシング・パワー　マイハンド
荒《あら》ビュー　俺流《おれりゅう》
バッシング・パワー　毎度

まだチュー　悪いチュー
ありよね　浅漬《あさづ》け
奪《うば》い取《と》って　ヘニョルも
バッシンパワ寒中水泳
んだね　じゃあストリーム』
環奈ちゃんは再生を止めた。酷評《こくひょう》するに決まってる。
【ポーラC】さん、歌いっぷりはいいけど、今回も歌詞がはじけすぎ。意味不明なのは『スタンド・バイ・ミー』と同じように、外国語の歌詞を日本語っぽくして歌っているからだと思う。
「いつもはギターの弾き語りなんだけど……」
思わずかばいたくなってしまう。
環奈ちゃんはわたしに答えずはじめからまた再生した。
【ポーラC】さんの歌は、お世辞にもうまいとはいえない。ただ、堂々としていて、妙に惹《ひ》きつけられる。としてもそれは凡人《ぼんじん》のわたしだからであって、ピアノの道を極《きわ》めようとしている環奈ちゃんの耳には、とても耐《た》えうるものとは思えない。
ところが、曲が終わると環奈ちゃんはまたまた再生した。そして歌い出しを確認《かくにん》するといった。

「これ、『エリーゼのために』のアレンジだね」

「へ？　ベートーベンの？」

「三拍子《びょうし》の曲が四拍子になっているけど、メロディーはそのまんま」

いわれてみればそう聞こえる。

動画が終わったとたん、突然《とつぜん》、環奈ちゃんがクックッとこらえきれずに笑い出した。そして途《と》中《ちゅう》の部分をまねして歌う。

「あ、り、よ、ね～、浅漬け～、奪い取って～ヘニョルも……ヘニョルもってなに？　ヘニョルもって……あはは、わけわかんない。なんでこの人『ヘニョルも』を大まじめに歌ってんの？　あはは、この人、わたし好きだわ。知り合いなら今度会わせてよ」

ウケてる。

環奈ちゃんはすっかり機嫌《きげん》を直して、ピアノの練習があるからといって五分後には帰っていった。

六

日曜日に会おうって、水野くんから誘《さそ》われた。

といってもデートでなくて、エリーゼさんさがしの手がかりを見つけたから、確かめに行こうってこと。

それは、ヒルタウンの東地区団地の集会所で地域の人がやっている「ふれあいカフェ」。太鼓橋を越えて、中学校へ向かう十字路を東に向かったほうの団地の中にあるそう。東のエリアは、五十年前に整備されたヒルタウンのなかではいちばん古い住人のいる地域だ。

東のほうは小、中学校から遠く、住宅しかない。仲の良い子は住んでないから、わたしはそのあたりには行ったことがない。

水野くんも、南側の地区なのであまり詳《くわ》しくはないそうだ。

エリーゼさんのベンチで待ち合わせをして、二人で緩やかな上り坂を歩いていく。

「道場に来ているおじいさんが、いいことを教えてくれた。その人はもう自分では竹刀《しない》を持たないんだけど、ウォーキングがてら道場に顔を出して、子どもたちの稽古《けいこ》するのを見るのを日課にしているんだ」

水野くんは歩きながら経緯《けいい》を教えてくれた。

「その人、初稽古のときにマフラーにクリスマスリースのブローチをつけていたんだ。お年寄りだから気にしないのか、外すのを忘れているのか、注連飾《しめかざ》りっぽいからつけているのか、と印象に残っていて」

「そのブローチって、手作りのビーズのやつ？」

「そう。本田さんからエリーゼさんの話を聞いたとき、毛糸の帽子につけたリースのブローチのこと、いっていたでしょう」

「エリーゼさん、ご近所の人からもらったって」

「この前の稽古のとき、まだマフラーにつけていたから、その人に聞いてみた。奥さんが作ったんだって。手芸の会に入っていて、週に一回集まってみんなで小物を作っているんだって。聞きたいことを答えてくれるまで話が長くて大変だったけど、手芸の会の活動場所がふれあいカフェってところまでわかった」

「そうだったんだ。ありがとう。ふれあいカフェで聞いたら、知っている人がいるのかな」

「そう簡単にはいかないかもしれないけど、行ってみる価値はあるよ」

「団地にコーヒー屋さんができていたって、知らなかった」

「コーヒー屋さんっていうのとは違うみたい。親に聞いたら、ふれあいカフェっていうのは住民同士で地域のつながりを作るために、生活支援コーディネーターっていう人たちや市民活動支援センターとかが地域の人に呼びかけて始まったんだって。一人暮らしになって家にこもりきりになりがちな高齢の人や子育て中の人が、同じ地域に顔見知りを作って、得意なことを教え合ったり、ちょっと世間話をしたりできるように過ごせる居場所。具合が悪くて何日も寝込んだときやなにかに困っていつもと様子が違うなあってときに、顔見知りなら知らない人より声をかけやすいし、医療や福祉のことを地域で相談しやすくできるように」

「ふうん？」

ちょっとピンとこなかった。水野くんは説明してくれた。

「学校や会社に行く人は、急に休めばどうして休んだのかなって周りの人も気にかけるでしょう？　でも退職して社会とのつながりが減って家にこもりがちになってしまう人は、このごろ見ないけどどうしたのかなって気にされる関係がなくなってしまうんだって。それで孤独死《こどくし》とか、孤立死とか、そういうことになる」

「孤独死？　テレビのニュースで見たことがあるけど、そんな問題がこのヒルタウンでも起きるの？」

「起きないように、ふれあいカフェを作ったんだって。十日が丘団地は、区内でも一人暮らしの高齢者の割合が高いんだって」

「そうなんだ？」

お年寄りって、アニメとかでは一軒家《いっけんや》で家族といっしょに住んでいるイメージだったけど、そうではないんだ。考えてみたら、わたしだっておじいちゃんおばあちゃんとはいっしょに住んでいない。父方も母方もいまは二人で暮らしているけど、いつか一人暮らしになるときは……考えたくはなくてもやってくる。

建物の入り口に「カフェ」と書かれたのぼりが立っているのが見えた。中にいるのは団地の住民なんだろう、チビッ子をつれたママもいるけれど、お年寄りが多い。お年寄りといっても、デイサービスの利用者さんと比べたら若くて元気。

コーヒーが一杯《ぱい》百円。カフェと呼ぶより集会所というほうがしっくりくる。壁には俳句の短冊《たんざく》や水彩《すいさい》の絵が飾《かざ》ってある。うたごえ愛好会の仲間の募集《ぼしゅう》に、手芸の会のビーズのブローチ……。

「あ！」

わたしと水野くんは同時に指さした。もう少しで指と指が触《ふ》れそうな絶妙《ぜつみょう》のタイミングで。すると、

「イー、ティー」

と、知らないおじさんがわたしたちに人さし指を突き出《つだ》してきた。な、なに？

「こらこら、ショウくん、ちょっかい出さないの」

お客さんの一人がいうと、みんながこっちを見た。

「いまの子どもは、E.T.《イーティー》なんて知らないんだからさ。やることが古いねえ」

「昔の映画のE.T.のことですか？　見たことないけど、わかります。E.T.」

水野くんはそういうと、にこにこしているおじさんの人差し指に、自分の指先をちょんとつけ

た。

「イー、ティー」

よくわからないけど、ショウくんと呼ばれたおじさんがとっても嬉しそうにしたから、わたしも指を出してまねた。

「イー、ティー」

そのあとショウくんおじさんはカフェにいる全員とハイタッチでもするようにE.T.をした。赤ちゃんが泣き出してもおかまいなしで。

変わった人がいる。でも、これで話しかけやすくなった。

「すみません、このブローチを作った手芸の会のかたはいらっしゃいますか。このブローチを帽子につけていた女の人のことをさがしているんです」

「手芸の会の先生なら、そこに来ているよ」

さっきショウくんおじさんを注意したおじいさんが教えてくれた。ふれあいカフェの店員さんではなさそうだけど、目配りをしていろいろと仕切っている。

手編みのロングカーディガンを着た女性がこちらを見てくれた。少し猫背《ねこぜ》かな。だけど、白髪《しらが》を青く染めてくっきりメイクをしている華《はな》やかな人だ。わたしたちはそちらに行って、事情を伝えた。

林《はやし》さんという手芸の会の先生は聞き上手で、わたしたちの話をよく聞いてくれた。

「それはきっとあたくしがお友だちにあげたものね。ここの会員さんは一つしか作っていないから、自分で持っているか家族にあげたはず。ええとね、あたくし、今シーズンは十人くらいにあげたと思うのよ。ちょっと待ってね」

林先生はスマホを手作りの巾着袋《きんちゃくぶくろ》から出して調べてくれた。

お年寄りとか高齢者とかに分類される人にもいろんな人がいて、スマホを使いこなし、おしゃれに気を遣《つか》い、人の話をきちんと聞いてくれる人もいる。年齢だけでは人はわからない。

「ピアノや絵のうまいお嬢《じょう》さんがいる人なら、きっと松井《まつい》さんでしょう。太鼓橋のそばにベンチを置いてもらえたから、役所に電話してよかったって七、八年前におっしゃっていたことがあるわ。そういえば今年はまだ会ってなかったわ。うたごえ愛好会のかたに誘われていたようだけれどお返事されたのかしら。電話をして聞いてみるわね」

うたごえ愛好会？　入り口に張り紙がしてあったやつだ。

入り口のほうに目を向けると、少しざわついていた。車椅子が入るので、ものを寄せてって目配りおじいさんが話してる。そのあとにおばあさんの車椅子をおじいさんが押して入ってきた。

いっちゃ悪いけど、おじいさんのほうも近々車椅子が必要な感じの足取りの人だった。夫婦《ふうふ》かな。少し体の不自由な高齢者がもっと体の不自由な高齢者のお世話をしているんだ。こういう夫婦が同じ町で暮らしていることを気にしたことがなかったから、ちょっと複雑な気持ちになった。

　おばあさんの顔、どこかで見た気がする。どこかといってもデイサービスしかない。そう、よく伴奏のあとに拍手をしてくれる車椅子のおばあさん。肩にかけた薄紫色《うすむらさきいろ》のショールがお菓子《かし》のルマンドのパッケージみたいだからルマンドさんって密《ひそ》かに呼んでいた人。

　ルマンドさんは社交的な性格で、白髪で皺《しわ》だらけのおばあさんなのに女っぽい。デイサービスの歌の時間の前に、世話焼きタイプの男性の利用者さんが同じテーブルにつきたがってスタッフにお願いしているのを目撃《もくげき》したことがある。ここでも、シニア男性の人気者のようだ。とても生き生きしている。おじいさんのほうも、そんなルマンドさんのことが自慢《じまん》のようだった。

　あいさつしたほうがいいのかな。わたしのこと、覚えてもらえているのかな。

　迷っているうちに林先生の電話が終わった。

「松井さん、きょうは用事があって、ここに来れないんですって」

「そうですか」

「あなたのこと、なんとなくわかるっていっていたわ。怒らせたのかもしれないって気にしてさがしているって伝えたら、松井さん、怒ってはいないって」

「そうですか」

「買い物代行サービスを使いなさいってお嬢さんにいわれたんですって。そういわれても、食費が高くつくし、家にこもって歩かなくなったらおしまいなのよって、おほほ……お元気そうでよかった。またそのうち会いましょうってよ」

あ、会えるんだ。よかった。会ってくれるんだ。嬉しくて、思わず水野くんの顔を見た。水野くんも微笑《ほほえ》んでくれた。

「ありがとうございます！」

「でも、あなたの名前を、伝えそびれちゃった」

「いいえ、大丈夫です。またベンチで会えれば、それでいいんです」

「お客さーん、注文どーしますか？」

振り向《ふむ》くと、この場に不似合いな金髪鼻《きんぱつはな》ピアスのお兄さんがいた。この人がふれあいカフェの店員さん？

先に水野くんがいってくれた。

「すみません、もう行きますから。注文しないでごめんなさい」

「そーすか」

「林先生、ありがとうございました」

「あらいいのよ。よかったら今度、手芸の会にいらっしゃい」

しっかり感謝を伝えてお店を出る。その前に、車椅子のルマンドさんのほうを見てお辞儀《じぎ》をしたら、ルマンドさんがわたしに手を振ってくれた。覚えていてくれたんだ。そして、カウンターにもどろうとした金髪鼻ピのお兄さんを呼びとめた。

「北海《ほっかい》ちゃん、この人、ピアノの人」

「ああ、うちの妹が迷惑かけました」

妹？　金髪鼻ピの人の妹なんて、まったく心当たりがない。

「じいちゃんのとこでボランティアするって宣言したわりに、まだ一回も行ってないそうで」

ルマンドさんがいう。

「このお兄さん、北海さんの遠縁《とおえん》の子。知っているでしょ、北海さん」

ええと、ええと……だれのことかな。困ったな。

「いい声なのよねえ。ほら、覚えてない？　よく緑色のセーター着ている」

緑、わさびさん!?

「ああ！　あの歌好きの男性、北海さんってお名前なんですね。でも妹って……」

「あいつ、昔から変わり者で馬鹿《ばか》だから、いまはポーラなんちゃらって名前で変なことやってる」

「【ポーラC】さん？　ポーラさんは馬鹿じゃないです！　ポーラさんはすごい人です。あの、友だちが【ポーラC】さんに会いたいって！　連絡《れんらく》を取りたいと思っていたんです」

なんと。こんなところでつながっていたなんて。地域の人のつながりって、すごい。

七

さっそく環奈ちゃんに、今度の水曜日に【ポーラC】さんがデイサービスに寄ってくれることを伝えた。歌の時間にはまにあわないかもしれないけど、顔を出してくれるって。

すると、環奈ちゃんはまたピアノを弾きたいという。

「ヘニョルもって歌っていた『情熱の花』を調べてみたら、ザ・ピーナッツという昔の日本の女性デュオの動画が出てきたよ？　ちゃんとした日本語の歌詞の歌で、あの曲すごく売れたらしいの。だからデイサーの人たちもみんな知っていると思う。ベートーベンの『エリーゼのために』はわからなくても、『情熱の花』ならわかりそうでしょ。だからもう一回弾いてみたい。このあいだのリベンジ」

リベンジか。やっぱり気にしてたんだ。負けず嫌いなところ、環奈ちゃんらしくて好きだな。

「じゃあ、頼《たの》んでみるね」

そして水曜が来た。

歌の時間には、なんと水野くんまで見学に来てくれた。水野くんも【ポーラC】さんに会ってみたいって。

「みなさん、きょうは本田亜美《あみ》さんのお友だちのピアニストがゲストに来てくれましたよ」

歌のリーダーの関根《せきね》さんがはじめに環奈ちゃんを紹介して、『情熱の花』という曲の説明もしてくれた。そのせいか、前のときより利用者さんたちは興味を持ってくれた。

パワフルなラテンのリズムで弾き始めると、ルマンドさんがすぐに拍手をしてくれた。

「わたしこの曲知っているわ」

そして、『情熱の花』のメロディーに合わせて、盆踊《ぼんおど》りを踊るみたいに手を振って聴《き》いてくれている。ルマンドさんに合わせて、わさびさんやほかの利用者さんも手を揺《ゆ》らしてリズムを取っている。つい踊りたくなる弾き方だ。

環奈ちゃんは、クラシックでない曲も本当に上手に弾く。こういう曲も一瞬で覚えてしまうのだろうな。

メロディーを二回繰《く》り返《かえ》したあと、環奈ちゃんは突然曲調を変えた。原曲となるベートーベンの『エリーゼのために』だ。リズムが変わり、利用者さんは揺らしていた手を下ろす。でもじっと耳を傾《かたむ》けて聴いてくれている。そしてまた『情熱の花』。

「わたしこの曲知っているわ」

利用者さんの手が一斉《いっせい》に上がって揺れる。わたしも水野くんもまねをして揺れた。

終わったとたん大きな拍手。すごい盛り上がり。

「ではみなさん、歌の時間を楽しんでください」

環奈ちゃんは電子ピアノを譲《ゆず》りながら、わたしにだけ聞こえるようにぼそっといった。

「ま、こんなもんよ」

環奈ちゃんらしい。よかった。

歌のリーダーの関根さんに司会がもどって、楽しい気持ちのまま、いつもの一月の歌を進めていく。水野くんの前で失敗しないように、と思ったら一曲目の前奏で少し緊張《きんちょう》してしまったけど、弾き始めたら夢中になって水野くんがいたことを忘れてしまった。『ゴンドラの唄』の途中で水野くんの歌声が聞こえてきた。覚えてきてくれたんだ。それに気づいたら心がじわーっと温かくなって、いつもより丁寧《ていねい》に弾けた。

歌の時間に、ポーラさんはまにあわなかった。環奈ちゃんと水野くんと、三人で廊下《ろうか》のソファーで待つことにする。

金髪鼻ピのお兄さんの話では、ポーラさんは、ボランティアをやりたい気持ちがあったけれど、高校の授業のあとでは、デイサービスの歌の時間にまにあわないとわかったから、足が遠のいていたそうだ。

「もし環奈ちゃんのピアノに【ポーラC】さんのタンバリンが入っていたら、もっと盛り上がったよね」

わたしがそんなことを話していたとき、ケアマネの大崎《おおさき》さんが通りかかった。

「本日はありがとうございます。それでですね、歌の時間ですから楽しいのも大事ですが、あんまり盛り上がりすぎるのもですね、ご高齢のかたにはよろしくないのですよね。そのときは楽しくてがんばってしまって、それで夜や翌日に疲れが出てしまうことがあるので」

「そうなんですか」

いわれてみたら、ここに来るだけで疲れてしまう人がいるから、毎日連続して通う人はいないってスタッフさんから聞いたことがあったかも。

「介護保険の支援が必要なかたということで、若い人の楽しみ方と同じようにはいかないことがあります。ごめんなさいね。はじめにきちんと伝えておくべきでした」

水野くんが聞いた。

「介護保険って、特別な人だけが入るんですか?」

「いいえ、民間のものではなくて社会保険です。介護保険制度というのは、四十歳《さい》以上の人が支《し》払《はら》う介護保険料と税金で運営されています。みなさんにイメージしやすいものでいうと、病院に行くときに保険証を使うでしょう? 健康保険を使うから治療費を全額負担しなくて済みます。

あんなふうに介護保険も保険料と税金とあわせて、市町村および特別区が保険者となって運営されているんです。みなさんが買い物するときに払う消費税の一部も、介護保険のために使われているのですよ」

水野くんは納得したようだ。

「なるほど、そういうシステムなんですか。消費税って、そういう使われ方もされていたのか」

税金っていわれると大人が払うものだからイメージできないけど、消費税といわれると、あれか、とわかったような気持ちになる。

「つまり、買い物をするたびにぼくたちも消費税で介護保険制度を支えているということだよね」

そうなんだ?

「介護保険のサービスを利用できる人は、六十五歳以上の人か、四十歳以上六十四歳以下で医療保険に加入している人で、地域包括支援《ちいきほうかつしえん》センターなどが相談を受け、役所へ介護保険の申請《しんせい》をするのです。それで認定調査をした上で、要介護や要支援などの区分に認定された人が利用できると決められています。事業所のケアマネージャーは、利用者さん一人一人にケアプランというサービス計画を個別にたてて、それにのっとって支援をしていくわけです。きょうは利用者のかたが自発的に踊り出したことですし、短い時間でしたので、止めることはしませんでした。ベテランの歌のリーダーの関根さんが途中でお話を入れてクールダウンしながら、ちょうどよく進めてくださったから、大丈夫とは思います」

「すみません、気をつけます」

考えが足りてなかった。環奈ちゃんと水野くんもいっしょに頭を下げた。

「賑《にぎ》やかに盛り上げなくても、みなさん楽しんでくださいますよ。ふつうに歌うだけでも、十分、フレイルの予防になります」

「フレイルってなんですか？」

今度は環奈ちゃんが聞いた。

「加齢により心身が老い、衰えた状態をフレイルといいます。だれかといっしょにご飯を食べたりなにかをして過ごしたりすることで、身体的、精神・心理的、社会的なフレイルを予防できるのですよ。デイサービスでは入浴を目的に来られる利用者さんも多いのですが、みんなで集まって食事をしたり歌を歌ったりすることも、介護予防の活動の一つになるのです」

「それって、みんなとふつうに過ごすってことが予防になるってことですか？」

「若い健康な人たちにとってそれは簡単な、ふつうのことかもしれません。でも高齢のかたにとっては、生活場面で身体的、精神・心理的、社会的、どれかが欠けやすい環境《かんきょう》になりがちです。どの一つが欠けてもフレイルに陥《おちい》りやすくなります。そうなると記憶力《きおくりょく》が低下したり寝たきりになったり、使わない機能は衰えてしまいますから、日常生活動作が困難になり、障害が重篤《じゅうとく》になってしまうのです。顔見知りとあいさつしたり、家以外で過ごす場所があるだけでもね、明るい気持ちになれるものですよ。住み慣れた地域で住み慣れた自宅で、その人らしく生活していけるように、わたくしどもは介護認定を受けた利用者さんと契約《けいやく》をして、適切なサービスを提供するのです」

そうだったんだ。わたしはピアノが弾ければいいと思っていたけれど、お年寄りに楽しんでもらうのが一番と思っていたけれど、大崎さんたちはそうやって支援をすることを仕事にしているんだ。

大崎さんの携帯電話《けいたいでんわ》が二つ同時に鳴り出した。右と左のポケットから輪唱のよう。

「いろいろいってしまいましたが、介護について関心を持ってくださって、本当にありがとうございます」

大崎さんはわたしたちにそういって頭を下げると、片方の電話を取りながら忙《いそが》しそうに仕事にもどっていった。

八

「おお、久しぶり！」

遅《おく》れてきたポーラさんは、お菓子のリュックを背負って現れた。ポテチやラムネなどのいろんなお菓子の袋を透明《とうめい》の粘着《ねんちゃく》テープでつなげてリュックの形にしたやつだ。プレゼントだろうか。

「もしかして、お誕生日ですか？」

「そう。これだけもらって学校の友だちを振り切って帰ってきた」

高校の制服姿でお菓子のリュックを背負うのは相当注目を浴びただろう。

「そんな特別な日に来させてしまってすみません」

「だって、大事な視聴者様《しちょうしゃさま》じゃん」

「これ、どうやって作るんですか？」

環奈ちゃんが興味深そうにお菓子のリュックを見ている。

「ググればわかるよ。あ、よかったら、じゃがりこ食べていいよ。左わきのやつのふたが開いてるでしょ。学校出るまでに先輩《せんぱい》に開けられて食われたんだ」

ポーラさんの高校って楽しそうだなあ。

水野くんがわたしにじゃがりこを取ってくれた。

「ありがとう」

環奈ちゃんは自分で取った。

「じゃがりこってはじめて食べる。手づかみでいいの？　あ、おいしー」

環奈ちゃんがじゃがりこごときで目を輝《かがや》かせている。こういうの、うちじゃ食べさせてもらえなくってとかいっている。

「マジか。じゃあ右側のやつ一個あげるよ」

「え、でも、取ったらリュックが壊《こわ》れます」

「写真撮《と》ったから大丈夫。えっと、ホン・アミの友だちの名前は？」

「黒沢《くろさわ》環奈。ピアノ弾きです」

「水野玄《げん》です」

「ああ、カフェに来たって兄ちゃんから聞いた。なに、水野とホン・アミはつきあっているの？」

「えっと……」

わたしたちは顔を見合わせた。いっていいよね？

「つきあってないです」

「友だちです。まだいまは」

水野くんの言葉をポーラさんはわたしでなく環奈ちゃんに確認した。

「まだいまはって？」

環奈ちゃんは右側のじゃがりこを取ろうと、粘着テープと格闘《かくとう》している。じゃがりこ以外はどうでもいいのに、という顔つきのままで答える。

「クラスの子たちは二人がつきあっているって思っていますけど、亜美に聞くとつきあってないっていうんです。手を繫《つな》いで歩いているところも目撃されているのに」

「ちょ……環奈ちゃん、だれから聞いたの」

「やっぱ本当なんだ？　キスしてたっていうのも本当？」

今度は水野くんが答えた。少し怒った声で。

「ちがいますよ」

「してないですから」

わたしが念を押すとポーラさんはいった。

「なんだ、つまんないね。クロ・カン」

クロ・カンって、環奈ちゃんのこと？　なんで勝手に省略するのかなあ。イメージ違いすぎない？　でも、環奈ちゃんは気にしてない。

「いまはまだ友だちで、つきあってはいないって、そういうのってどうなの？」

聞かれたからいった。

「友だち以上、恋人未満？」

すると環奈ちゃんが顔を赤らめて、少し大きな声でいった。

「なに恥ずかしいことを堂々といってるの！」

「どうして恥ずかしいことなの？」

ポーラさんが笑いながらいった。

「好きあっているのに、お互《たが》いに責任も縛《しば》りもなくていい、いちばん楽しいときってこと？」

「責任がないとは思ってないですけど」

【ポーラC】さんに会って、こういう話をするつもりではなかったんだけどな。

環奈ちゃん、今度は水野くんにいう。

「ずるい。ちゃんとつきあいなさいよ！」

「ずるいの？　うーん。じゃ、つきあう？　でもだれかにいわれたからつきあうっていうのは、どうなんだろう」

「水野くんが納得できる形でいいと思う。周りが決めることじゃないし。わたしは水野くんのことをちょっと特別な男の子の友だちだと思っているよ。恋人っていわれると、まだなんかイメージ違うかも……」

環奈ちゃんはわたしに聞いた。

「水野くんがほかのだれかとつきあったとしても平気？」

「水野くんは、ほかの女の子とは、つきあわないと思う」

「なに、その自信！　いつからそんな自信満々の女になったわけ！」

「自信はないけど……なんとなくわかる。ね？」

「うん。なんとなく、ぼくもそう思う」

水野くん、赤い顔になっていた。それでたぶん、わたしも赤くなっている。

「うら、やま、すぃ～」

ポーラさんがいうと環奈ちゃんもまねをした。

「うら、やま、すぃ～～～！」

なんだ、責められていたんじゃなくて、うらやましがられていたのか。まさか自分が、環奈ちゃんからうらやましいと思われるなんて。

それにしても環奈ちゃん、まねしすぎ。すっかり【ポーラC】さんのファンになっている。

デイサービスの青い扉《とびら》がすうっと開いた。スタッフの人が、遠慮《えんりょ》がちにこちらにいった。

「ごめんね、ちょっと声が大きいかな。まだ残っている利用者さんが中にいるので……」

「す、すみませんでした」

一同平謝《ひらあやま》りして、すぐ階段を下りて、建物の外に出た。

外はもう薄暗い。一月の太陽は沈《しず》んで、西の空には鮮《あざ》やかなオレンジピンクに光る雲が少しだけ残っている。

もうちょっとしゃべろう、となって、外の敷地《しきち》にそったベンチに行って、ポーラさんがリュックのふたの一部になっているきのこの山のふたを開けた。一列に座ると建物を眺《なが》める形になる。二階の窓から明かりが漏《も》れている。

環奈ちゃんはまだお菓子のリュックが気になるようだった。

「これがうわさに聞くきのこの山？　食べてみたかったんです」

「クロ・カンってお嬢様育ちなん？」

「ふつうだと思いますけど……」

ふつうのふつうではないよ。認めたら、うちがふつうでなくなるから。

「環奈ちゃんちにはグランドピアノがあるんです。Kピアノコンの予選もYジュニアコンのWeb《ウェブ》審査《しんさ》も通って、地区コンクールの本選の出場が決まっているくらいうまいんです」

「すっげ」

「今度、【ポーラC】さんといっしょに演奏してみたいです。【ポーラC】さんの動画見たら、破壊力《はかいりょく》というか、突破力というか、やり逃《に》げ勝《が》ち力《りょく》というか、くよくよしてはいけないなって思えて、本当に勇気が出ました」

「兄貴には恥《はじ》さらしだってボロクソにいわれてるよ。あっちも人のこと、いえないくせに」

「ギターを始めたのはお兄さんの影響《えいきょう》ですか？　どうして動画を公開しようと思ったんですか？」

水野くんが、わたしが聞きたかったことを質問してくれた。

「なにかがしたい。だけどなにをしたらいいのかがわからない。なにもしてないいまのままではいたくない。それで、なにかすれば自分は変われるかの実験っていうか。やっていることはショボいし、まだ結果は出てないけど……」

ポーラさんは通行人を気にして、低めの声で話した。

「兄貴が大学辞《や》めちゃって。うちらきょうだい、やっぱもうだめなのかなって絶望したんだよね。親、離婚《りこん》しててどっか行っちゃって、うちら遠い親戚の年寄りんとこでずっとしかたなく暮らしてて、兄貴はどうしても大学に行きたいって金を貯《た》めるために一年間バイトで浪人《ろうにん》して、やっと入ったんだ。だけど入ってみたら周りの学生と価値観も人生観も違いすぎて話が合わなくて、授業もつまんないし、教授が忙しすぎて質問する時間もとってもらえなくてって。七月にばあちゃん骨折して、じいちゃんをうちらで世話していたら授業出れないし、基礎《きそ》ゼミ合宿だのサークルだの金ばっかかかって貯金も尽《つ》きて、馬鹿らしくなったって半年で辞めた。辞めてどうするんだよ。ずっと兄貴がお手本だと思っていたから、それであたしの目標もなくなっちゃって……まあいろいろあったんだよ」

「それがなぜユーチューブなんですか?」

水野くん、そこでよく突っ込んだ。

「さあね。いちばん安上がりで、もしかしたらどこかで親が見て、カワイソーって思ってもどってきてくれるかもしれないって思ったからかもなー。動画のためにギター少し弾けるようになったから、伴奏のボランティアでもできるかと思ったけど、時間合わなくって。あーあ」

ポーラさんは万歳《ばんざい》をするように、大げさな伸びをした。

「うちのじいちゃんとばあちゃん、いつまで生きてるだろう。どうしたら死ななくなるかな。二人が死んで、うちらの住むとこなくなったら、どうなるんかなー。兄貴がだれかに相談してるっていうけどさ。そんなこと考えてたら、怖いし頭にくるし、むしゃくしゃして、とんでもねえ歌、歌いてぇーってなった。みんな聴けーってなった。それでもあたしは生きてっぞーって」

そうだったんだ。環奈ちゃんと自分との違いとはまったく質の異なる、全然違う境遇《きょうぐう》の人が、この十日が丘でも暮らしていたんだ。こういうときになんていったらいいのか、言葉が見つからない。

みんなが黙っていると、ポーラさんはいった。

「でもさ、怖くない? ここに来ている人たちも、いつか死ぬんだ。あと何年か経《た》ったらみんな死んじゃうって思うと、怖くなるよ。うちらもだけど」

そんな……。デイサービスの利用者は高齢のかただし、人はだれでもいつかは死んでしまうんだけど、それを言葉にしてズバリいわれてしまうとなにも返せない。

沈黙《ちんもく》になる。

「死んだらどうなるんだろう」

また沈黙。でも水野くんがそれを破った。

「こうだったらいいなあって考えているとおりになるんですよ。大好きな人や大好きなものに囲まれて、ほんわかほんわか、地球の一部になっていくんだ。生き物ってそうなんです。この世のものが、物質でできているの、知っているでしょう？　物質は形や性質が変わっても、消滅《しょうめつ》はしないんだ。人はいなくなっても、なにかの形で必ず地球に残っているんだ」

それで、わたしはいった。

「だったらわたし、ピアノの音になりたい。死んだらピアノの音になって、ピアノが好きなだれかのそばで鳴っているんだ。うまく弾けなくて先生に叱《しか》られたときも、なぐさめてあげるんだ」

環奈ちゃんが、きのこの山を奥歯でこりんっとかみ砕《くだ》いた。そのあとに、「いいね、それ」といってくれた。

こりん。こりん。こりん。

環奈ちゃんばかり食べている。やっとポーラさんから一つ回ってきて、そしてわたしのこりんのあとにポーラさんがいった。

「死ぬまでに、なんか成《な》し遂《と》げてみたいよなー」

九

お母さんが怒っていた。仕事から帰ってくるとたいてい怒っているから、珍しくはない。

「さっき、スーパーで増田《ますだ》さんに会って、いわれたのよ。『亜美ちゃん、彼氏《かれし》ができたのね。男の子と手を繋いで歩いていたそうよ』って。見間違いじゃないですかっていったけど、お母さん恥ずかしくって。どうなの、亜美！」

増田さんって、ソフトテニス部の増田さんのお母さんのことかな。そういえば小学生のとき、PTA《ピーティーエー》の係をしてお母さん同士は仲がよかったんだ。

わたしはお母さんの興奮に巻き込まれないよう、落ち着いた声で確認した。

「見たのって、いつの話ですか」

「いつって、じゃあなた本当なの？」

「太鼓橋の横の階段を上がるときに急で危ないから繋いだことがあります。そのときぐらいしか思い当たりません。それとも小学生のとき？」

だれが見て、言いふらしたんだろう。お母さんにまで話すことはないのに。ふれあいカフェのようなつながりは大切だけど、地域の人の目って、こういうときは監視《かんし》されているみたいでいやだなあ。

「ソフトテニス部を辞めたんですって？」

そういえば、話してなかった。

「伴奏のボランティアをしたいから、先生と相談して、科学美術ボランティア部というのに変えたんです。科美ボ部の顧問《こもん》がいい先生で、楽譜を貸してくれたし相談しやすかったから」

「なんでお母さんにいわないの。恥をかくところだったじゃない。もうわかったから、その話はいい。それより、月末に保護者向けの進路説明会があるそうね」

わたしが隠していたみたいないい方。お母さんが忘れているだけだ。

「プリントならもう渡しました」

お母さんは学校の配布物をまとめて入れている書類ケースを出して、がさがさがした。見つけたようだ。わたしを叱れなくて残念でした。

「亜美はなにになるつもりなの？」

え？

「亜美の成績で高校を自由に選べると思えないけど、とりあえず将来のことは聞いておかないと。子どもと進路の相談をしていないって思われたくないからね」

「それなら……」

高校を出たあと、もし大学や専門学校に行かせてもらえるのなら、保育学科とか介護福祉学科とかで勉強をしてみたい。音楽療法についてももっと知りたい。高卒で働くのなら、働きながら資格を取れるような仕事に就きたいと答えた。

お母さんは五秒ぐらい黙っていた。気に入らなかったんだ。

五秒は長い。

「前にいっていたトナカイになる夢よりはましだけど……」

トナカイじゃなくて「トナカイを飼う人」ですけど。

お母さんはため息交じりに続けた。

「保育や介護の仕事はお金にならないって知ってる？　大学に行く気があるなら、経済学部やビジネス学部に行って、ちゃんと将来の生活のことを考えてほしいわ」

覚悟《かくご》はしていたけれど、いきなり否定されるとは思わなかった。

「お母さんは、わたしにどういう仕事をしてほしいのですか？」

「就職して、ちゃんとした生活ができる仕事ならいいのよ」

「介護職ってちゃんとしてないですか？」

「ちゃんとしている立派な仕事よ。けど、きつくて賃金が安くて、暮らしていくのが大変ってずっと前から問題になっているの。なにもお給料の少ない仕事に就くこと目指してわざわざ高いお金をかけて勉強する必要なんてないじゃない」

お金がないと生活できないのはわかっているけど。

年をとってからもお金がないと、介護のデイサービスに通う回数だって病院に行く回数だって減らさなくてはならないってことも、もうわかっているけど。

いま知りたいとか、学びたいって気持ちは、悪いものみたいに潰《つぶ》されなくてはならないのかな。

「ほかの仕事と同じだけ働いても、もらえる額が全然違うのよ。人の世話をするなんて、とても大変なことだし、お母さんだったらそんな仕事はいやよ」

せっかく堂々と人にいえる現実的な夢を持てたと思ったのに。これからの目標を持てたと思ったのに。お母さんの「いやよ」で壊されてしまうんだ。ううん、わたしだってそんなのは、いやよ。

「お母さんはどうして、いつも上から、人を叩き潰すようなことしかいわないの!」

いままで出したことのない大声でいった。

「わたしは、お母さんみたいに、冷たい人にはなりたくない！　絶対に！」

お母さんは黙っていた。夫婦げんかをするときのように怒鳴《どな》り返《かえ》してこなかった。

ついにいってしまった。これでまたしばらく無視されて、ご飯を作ってもらえなくなるのかな。そうなったらもうがまんしないで、環奈ちゃんや学校の先生に相談しよう。

お母さんは言葉をさがすように上を向いて、それから落ち着いた小さめの声でいった。

「お年寄り相手の仕事をすると、悲しいお別れをすることもあるでしょう。寂《さび》しいじゃない」

「お別れのときは来るけれど、だからといってはじめからだれとも向き合わないのは、違うと思う」

「優しい気持ちで、高い理想を持って仕事に就いても、理想どおりにならずに燃え尽きてしまったり体を壊してしまったりで、途中で辞めてしまう人がいるそうよ」

「そういうふうにならないように、いろんなことを勉強する」

「あなたのためを思って、アドバイスをしたかっただけ。少子高齢化で介護保険制度も年金制度も、この先どうなってしまうかわからないのよ。なにかあったら頼れるのは自分で貯めたお金だけ」

「お金があっても、専門知識を持って働ける人がいなかったら、なんにもならないでしょう。制度とかそういうのは、法律をどうにかして、これからみんなで考えて新しい仕組みを作っていけばいいよ。だって、介護制度だって年金だって、バリアフリーにするのだって、そうやってみんなで作ったものなんでしょう。必要なものがなかったら、だれだって困るんだから」

「そうはいっても簡単じゃないのよ。あなたにはもっと待遇《たいぐう》のいい仕事を選んで、もっといい人生を送れる可能性があると思ったのよ」

わたしはまた言葉につまってしまう。

わたしがいつもぼんやりしているからって、なにも考えてないわけじゃない。お母さんやお父さんと話しても、どうせわかってもらえないから、どうしても自分の考えを伝えたいという気持ちが持てなくなって、伝えるための努力をしてこなかったせい。

いい人生って、本当にわたしのため？　お母さんのプライドや偏見《へんけん》やただの好みで決めてない？

深呼吸をした。

「うちにもっとお金があれば、わたしはピアノ教室を辞めさせられたりしなかった？」

「そうともいえるわね」

「違う。お金があってもなくても、お母さんは、わたしが環奈ちゃんよりうまくなれないってわかったから、恥ずかしいと思って辞めさせたんだよ。でもね、わたしは恥ずかしくなかった。環奈ちゃんよりうまくなくても、わたしはピアノが大好きだったから。発表会の『幼稚《ようち》でみっともない』アンサンブルも大好きだった。無駄な時間とお金だなんて一度も思ったことはなかった」

「あなたはそうでしょう。でも、うちにはそんな余裕《よゆう》はないのよ」

「余裕がないのはうちのお金のことじゃなくて、お母さんがわたしのことを恥ずかしいと思っていることは、わたしの問題ではなく、お母さんの問題なんだから！」

環奈ちゃんのように、自分の力を試《ため》したい人はいると思う。だからそういう人はどんどん上を目指したらいい。でもね、一番になることが目的の人と、何番目だとしてもピアノを弾いていたいって気持ちが一番にある人がいるんだよ。

お母さんにはそれがわからない。勝たなくちゃだめだと思い込んでる。勝てないままでいることは全部負けだと思っている。それって苦しくないの？　お母さんだって理想どおりに勝ててないのに。だからお母さんはいつも機嫌が悪くてイライラしやすくて、人を見下して安心していたいんだ。安心して一番になれる唯一《ゆいいつ》の場所が、お父さんがいないときのこの家の中。お母さんは、わたしになら勝てるから。

「お母さんに問題があるわけがない」

そういうと、お母さんはまた黙ってしまった。今度はむっつりした顔で。

お母さんだって、本当はだれかの助けを借りたいんじゃない？

助けてほしいって口に出したら自分がだめな親みたいに思われる。だから、平気なふりをするために人を馬鹿にして踏《ふ》みつけて支えにしてきたんじゃないの？

大人がそんなことをして、だれが幸せになれるんだろう。

「一番じゃないと全部だめってされる世の中でなんか、だれも生きていたくない。わたしは、そういうことを大きな声でいえる大人になりたいの」

十

太鼓橋のベンチにエリーゼさんがいた。

いっしょに下校していた環奈ちゃんが先に気がついて教えてくれた。

「じゃ、先に行くね。またあした」と環奈ちゃんは離れていった。

「こんにちは」

「あらあ、こんにちは」

優しい声にホッとする。

隣《となり》に座る。

「日が延びてきたわねえ。ついこの前はこの時間には陰ってきたのよ」

ふつうにしゃべってくれた。

「手芸の先生に会いました。とってもおしゃれなかたですね」

「そうなのよ。林さんは昔からずっとおしゃれ。お嬢さんは美容師さんなのよ」

それじゃあ、白髪を青く染めるのをすすめたのは、お嬢さんなのかな。似合っているからいいけれど、実はちょっと驚いた。

「あなたが伴奏のボランティアをしているって、北海さんの身内のかたから伺《うかが》いました。施設の勧誘《かんゆう》ではないって」

「はい。でも、あのう、わたし、いろんなことを誤解していたんです。これまでお年寄りの人としゃべったことがなかったから、年をとったら家にいて家族に面倒《めんどう》をみてもらえばいいとか、車椅子で歩けないのに外出させたらかわいそうとか……なにも知らないのに勝手に思い込んでいて。そうじゃないんだって、いろいろ気づかせてもらいました。孤立するのと、静かに過ごすのは違うんです。ちょっとずつだれかと関わりながら、ときどきだれかといっしょに過ごしているから、生きているっていえるんだって」

「そう。あたしはね、受容と諦念《ていねん》——受け入れることと諦《あきら》めることの違いってなにかしらって、考えていたのよ」

わたしのことをなにか知っているのかなと、一瞬考えてしまった。たぶん別のことなんだろう。

「先生や大人は諦めるなっていうけれど、自分に無理なことに気づくのも大切なことだと思います」

「そうなのね。子どものうちはよく諦めるなっていわれるものだわね。それがいつのまにか諦めなさいっていわれるようになるのねえ。どちらも困ったものだわねえ」

エリーゼさんはのんびりと微笑んだ。寂しそうに。

「同じ棟《とう》にとても仲良くしていたお友だちがいたのだけど、九年前に息子《むすこ》さんのすすめで伊豆《いず》に行かれてね。温泉つきの高齢者向けマンションで、とってもいいところだそうだけど。そう何度も会いに行けなくて、移動するのもくたびれるから、だんだん足が遠のいてしまって。寂しいわ。近くにいれば、用はなくてもちょくちょく顔を合わせられたのに。もうね、息子さんが会いに行ってもだれが来たのかわからないそうよ」

「そうだったんですか」

年をとってから自分のことをだれも知らない人ばかりの土地に行って、一人で暮らすってどんな感じなんだろう。先生にいわれて転校生と仲良くするみたいに、仲間になりなさいって大人同士で見守ってくれる人がいるのだろうか。想像するのは難しい。

「施設に入って、管理されてね、安全な中で暮らしていくことで、安心できる人はいるかもしれない。身内だけの介護では、本当にご苦労されて、傷付けあって壊れてしまう家庭がありますから。でもあたしはね、きょう一日なにをしよう、なにを食べようって考えながら、家を出て、緑を見て風を感じて、だれか知っている人と行き会えるかしら、あの人は元気かしらってベンチで休みながら考えて、不自由なことがあっても自由に暮らしていきたいと思うのよ。朝起きて、体が痛くない日があれば、それだけでラッキーよ。白いご飯を自分でお箸《はし》を使って食べたいように食べていられることも、ありがたいことなんだと思えるわ」

「顔見知りの人がいる地域で、暮らしていきたいですね」

「そう。自分でそれができるうちはね。でもね、ふつうにできる当たり前のことがちょっとずつできなくなっていく。おっくうになっていく。でもそれができなくなったときに、できないって認めたくないのよ。できない日もあればできる日もある。少し休んでいたらまたできるかもって。自分の体が動かなくなって、もうできないってわかるのは悔しいの。仕方のないことだとしても、認めたくないのよね。受け入れてしまったら、諦めてしまっているようで。できないならできないなりに、その中でできることをしたいわ。家族がいるのはありがたいけど、家族だから、頼れないときもあるのよ」

そうなんだ。そういう気持ちはだれにでもあるものなのかも。何歳《なんさい》になっても、複雑な気持ちって持ち続けるんだなあ。

「そういうときは、別のだれかに頼ったり頼られたりできたらいいですね。わたしも、なかなか人に頼れなかったり、いいたいことをいえずに、悪いと思ってないのに謝ってしまったりしてしまうんです」

「そうねえ。だれだって、困った人って思われたくないもの」

「そうなんです。だから、困ったときに手伝ってといったら迷惑になるとか、恥ずかしいことだとだれも思わないようになったら、だれでも頼むのがふつうってみんなでいえるようになったらいいなって、思うんです。みんなと同じあたりまえのことをするのに、なにかをしてもらうたび『ごめんね』『ありがとう』って自分だけ何度もいって、申し訳ない気持ちになりたくないんです。それで、手伝う人のことをお人好《ひとよ》しとか偽善者《ぎぜんしゃ》とかって悪くいったり笑ったりしない、特別じゃない自然な空気にしていきたいです。だって、わたしだって助けてほしいときはあると思うし、だれかを助けていたいと思うときもあるし」

「そうね。そうなったらいいわね。さあ、きょうはもう行くわ。よーいしょ」

エリーゼさんはベンチから立ち上がった。

「あなたのピアノ、いつか聴かせてもらうわね」

「はい。いつか。春休みになったら、うたごえ愛好会に遊びに行こうと思います」

わたしはきっと、優しい手を持っている。そう信じよう。

梨屋アリエ

栃木県小山市生まれ。神奈川県在住。

児童文学作家、ＹＡ作家。法政大学兼任講師。

1998年、『でりばりぃAge』で第39回講談社児童文学新人賞を受賞し、翌年、単行本デビュー。

2004年、『ピアニッシシモ』（講談社）で第33回児童文芸新人賞受賞。『空色の地図』（金の星社）が2006年、『ココロ屋』（文研出版）が2012年青少年読書感想文全国コンクール課題図書に選ばれる。『きみの存在を意識する』（ポプラ社）が2020年IBBYオナーリストの日本の推薦作品になる。その他、『プラネタリウム』『わらうきいろオニ』『恋する熱気球』（講談社）『スノウ・ティアーズ』（ポプラ社）『ココロ屋　つむぎのなやみ』（文研出版）など著書多数。

参考文献
『詩歌と戦争　白秋と民衆、総力戦への「道」』
中野敏男　ＮＨＫブックス

エリーゼさんをさがして

2020年11月17日　第１刷発行

著者——————梨屋《なしや》アリエ
装画——————中村ひなた
装丁——————大岡喜直（next door design）
発行者—————渡瀬昌彦
発行所—————株式会社講談社
〒112-8001
東京都文京区音羽2-12-21
電話　編集　03-5395-3535
　　　販売　03-5395-3625
　　　業務　03-5395-3615
印刷所—————共同印刷株式会社
製本所—————株式会社若林製本工場
本文データ制作——講談社デジタル製作

N.D.C. 913　223p　20cm　ISBN978-4-06-521277-6

この作品は書き下ろしです。